哭泣的雨林

張依蘋——著

這本書獻給愛　愛的各種形式　各樣面貌

愛是困難的

愛使人悲哀　困頓　破碎　也使人狂喜振奮飛昇

如果沒有了愛　世界還剩下甚麼

給我的父親　張惠昌（學勤）　我的母親　林桂香（香生）

這些文字是你們通過我的生命寫出來的

Vorwort

Ich weiß nicht mehr genau, wann ich Zhang Yiping kennen gelernt habe. Aufjeden Fall war es in Bonn in meinem Büro am Alten Zoll. Sie suchte mich vor ein paar Jahren auf, um bei mir zum Thema"Rilke und die modeme chinesische Lyrik" zu promovieren.

Ein junges Mädchen, dachte ich damals. Ihre junge Gestalt, ihre leuchtenden Augen, ihr Feuer und ihre Begeisterung ließen sie mir viel jünger als mein ältestes von vier Kindern erscheinen. Doch heute weiß ich, sie wäre mein ältestes Kind, wäre ich ihr Vater. Warum sage ich dies? Es ist nicht einfach, die Jugend zu bewahren und sich nicht verhärten zu lassen. In ihrem Alter war ich schon längst vom Leben "angefressen", wie man in Wien sagt, und hatte bereits viele Lebensweisen erprobt. Melancholie war und ist meine Religion. Insofern passen ihre "Weinenden Wälder" zu mir. Beschreibt sie da nicht gar mich, nostalgisch in die Vergangenheit versunken? Der Wiener Komponist Erich Wolfgang Komgold (1897-1957) spricht in seiner Oper Die *Tote Stadt* (1920) von der "Kirche des Gewesenen", das heißt, alle Liebe wird einmal sterben, und wir Überlebenden errichten ihr über ihrem Grabmal eine Kirche.

Im Sommer 1988 hielt das Goethe-Institut in Singapur eine internationale Konferenz zu dem Thema "The Commonwealth of Chinese Literature" ab. Es war dort das erste Mal, dass ich mit einer chinesischsprachigen Literatur außerhalb der Volksrepublik China und auch außerhalb der damaligen Kolonien Hongkong, Macau und der damaligen Republik China auf Taiwan in Berührung kam. Unter den Wissenschaftlern und Autoren befanden sich auch Vertreter aus Malaysia, die auf Chinesisch schrieben und vortrugen. Gleichwohl ist dies das erste Mal, dass ich mit Verstand, wie man in Wien sagt, ein chinesischsprachiges Werk aus Kuala Lumpur lese.

Die Autorin hat überraschenderweise viel mit mir gemeinsam. Oder sollte ich nicht besser sagen, ich habe viel mit ihr gemeinsam? Sie ist Sportler wie ich, sie ist Christ wie ich, sie ist Wissenschaftler wie ich, sie ist Übersetzer wie ich, sie ist Autor wie ich, sie ist Publizist und Herausgeber wie ich, sie ist in ihren Werken traurig wie ich.

Und im Leben? Da ist sie fröhlich, so ganz anders als ich. Und warum schreibe ich dann dennoch ein Vorwort für ihre Erinnerungen an ihre Kindheit, ihre Schulzeit, ihre Universitätslaufbahn? Sie hat in ihren Werken einen leisen Ton, den die chinesische Gegenwartsliteratur sonst nur selten kennt. Ob Erzählung, Essay (sanwen), Miniatur (xiaopin), Theaterstück, Gedicht, ob Alltag, Natur, Familie, Liebe, Zhang Yiping brilliert mit einem klaren Chinesisch, das ich sonst nur bei Bing Xin gefunden habe. Die einfachen Dinge, der Alltag, so traurig, so fröhlich, das ist ihre Welt, und bei alledem ist sie sehr ruhig, sehr sachlich. Dies alles passt gar nicht zu dem, was C.T. Hsia einmal als das Charakteristikum des modemen chinesischen Autors bezeichnet hat, nämlich zu dem Phänomen obsession with China.

Zhang Yiping lebt eher in der Vergangenheit und in der Sprache. Das macht sie so jung und das macht ihre Werke so still, denn in unserer Trauer trauern wir dem nach, was sich uns entzieht und nicht mehr neu entstehen mag. Wir sind insofern nur Zeugen unseres eigenen Entschwindens. Davon hat Zhang Yiping Zeugnis abgelegt. Die Traurigen unter uns werden das mögen, aber diejenigen unter uns, die zur ewigen Freude verdammt sind, werden ihre Bedenken haben: Aus der Vergangenheit lassen sich doch nur unsere Niederlagen holen, besser, wir vergessen sie und denken lieber an unsere künftigen Siege !

Zhang Yiping spricht von dem, was sich entzieht. Alle große Literatur spricht nur hiervon. Die Siege sind ihre und meine Sache nicht. Und darum sind "Die weinenden Wälder" so traurig !

Bonn, den 1. März 2008 Wolfgang Kubin

序言

顧彬

初次見到張依蘋是甚麼時候，我已經無從追溯。我只記得，那是我位在波恩Alter Zoll（古代海關）的辦公室。她來拜訪我，要在我指導之下撰寫以《里爾克與中國現代詩》為題的博士論文。

一個年輕的少女，我心裏這麼想。她年輕的形象，她發亮的眼睛，她的熱切和積極，看起來比我四個孩子中的長子年少很多。然而，今天我知道了，假如我是她的父親，她可能是我的大孩子。為何我這麼說呢？留存年輕，並且不變得僵硬麻木，是不容易的。在她的年齡，我已經如維也納人說的，被生活「折磨」（angefressen），因此有了許多人生歷練。憂鬱是我的宗教，從過去到現在。就這方面，她的《哭泣的雨林》與我契合。抑或，也許她根本就是在描述我，頻頻懷舊耽溺過往？維也納作曲家康果（Erich Wolfgang Korngold, 1897-1957）在他的歌劇《死城》（1920）裏，提到「過往人事的教堂」（Kirche des Gewesenen），那就是，所有的愛都會死亡，而我們，倖存者，在她的墳墓矗立一座教堂。

一九八八年夏天，在新加坡歌德學院進行了主題「華文文學聯邦」的國際研討會，那是我第一次接觸中國人民共和國、（前）殖民地香港、澳門，以及（當時）在台灣的中華民國以外的中國文學。與會學者和作家當中，也有來自馬來西亞的代表以中文撰寫及發表論文。然而，這回卻是我初次，如維也納人說的，「帶著理解」，閱讀一部寄自吉隆坡的文學作品。

此書作者多方面與我驚人地相似。或者我更應該說，我在多方面與她相似？她和我一樣是運動員，一樣是基督徒，一樣是知識分子，一樣是翻譯者，一樣是作家，一樣是評論者和編者。她在作品裏悲傷，和我一樣。

而在生活中呢？在那裏，她是快樂的，與我很不一樣。那麼，為何我仍然為她童年、中學、大學生涯的記憶立序？她有一種當代中國文學裏少見的微小聲音。它可能是小說、散文、小品、劇本、詩，也可能是日常生活、大自然、家、愛，張依蘋散發光芒的純淨語言，我只在冰心作品中見過。簡單的事物，每天的生活，那麼悲傷，那麼快樂，那是她的世界，與此同時，極為平靜，極為真實。這一切根本無法納入夏志清所謂現代中文作者的主要特質，即「感時憂國」（obsession with China）現象。

毋寧說張依蘋是居住在過往和語言裏。這使她那麼年輕，也使她的作品是那麼安靜。因為，在我們的傷悲裏，我們渴望已逝以及不再重現的一切。就此而言，我們只是見證自身的消逝。對此，張依蘋提交了證詞，我們當中的感傷者會喜歡。然而，那些被判決永久歡樂的人，將會提出他們的懷疑論：過去我們也許屢遭挫折，我們最好忘了這一切，只去思想我們未來的勝利。

張依蘋言說稍縱即逝的那些。所有偉大的文學都談論這些。勝利不屬於她和我。也因此，《哭泣的雨林》是那麼悲傷！

註：

沃爾夫岡·顧彬（Wolfgang Kubin）

1945年12月17日出生德國下薩克森州策勒城。1973年獲波恩大學漢學博士學位，1974年在北京語言學院學習漢語，1977年至1985年任柏林自由大學東亞學系講師，教授二十世紀文學及藝術，1985年起任教波恩大學東方語言學院中文系，自1995年任波恩大學漢學系主任教授。長期研究中國古代和現當代文學作品，中西思想史，哲學與神學等，以德文，英文，中文出版專著，編著，譯著達五十多部，如詩集《新離騷》、《愚人塔》、《影舞者》、《世界的眼淚》及《魚鳴嘴》，學術著作《中國詩歌藝術史》、《二十世紀中國文學史》，譯著《魯迅選集》（六卷本）等，以及三本北島詩集、三本梁秉鈞詩集、兩本楊煉詩文集、一本翟永明詩集、一本歐陽江河詩集、一本王家新詩集等。第一本在台灣印行的著作為《白女神·黑女神》。

Foreword

It is a pleasure for me to write this foreword to the collection of works by my friend Chantelle Tiong Ee Ping. We have shared a lot of spoken and written communication the last years. And also from distance I saw her work growing piece by piece. Now a whole book has been gathered. I read again here and there, and memories appear, ours and my own memories.

I am not a Malaysian, not born in a tropical region, and so these pieces seem like drops from another sky, waves from a far away island, but now they reach my eyes, my ear, my skin. In their poetic rhythm sentence for sentence, paragraph for paragraph they flow into me. Drops of salty water, of sweat, of crying, of the misty forest. Through metaphors from life they become a metamorphosis, transforming me.

And well, is it a Chinese book? Or a Malaysian? Chinese -Malaysian, or even better Bornean?? Many pieces circle around the topic of identity, of being a Chinese Malaysian in Malay-sian environment, or a Haiwai huaren, an overseas Chinese, and being a child of the island of Borneo, of that special piece of earth, born closest to the rain forest. And so its sounds are sounds of the ocean and the jungle. But maybe Tiong Ee Ping' s poetic prose which roots in that earth tells us things beyond, of fight for life, and a never-ending search for home.

The same ocean around Borneo sends out its waves, over the seas reaching me as its reader. The same ocean, the same earth. The same sounds, and told memories from a past and a present.

Christian F. Meyer, Crete in 2007

序

麥立昂

為我的朋友張依蘋（香黛兒）的文集寫這篇序，我感到高興。過去幾年我們或談或寫，保持著聯繫。同時，我從遠方也看著她的作品一篇又一篇增長。現在，一整本書結集出來了。我重新翻閱頁與頁之間，記憶歷歷冒現，我們的，加上我本身的記憶。我不是馬來西亞人，也並非生在熱帶地區，因此，這些篇章像是降自另一片天空的水滴，源自一座遙遠之島的潮浪，而今它們觸及我的眼、我的耳、我的皮膚。在一句又一句，一段又一段的詩意節奏中，它們湧入我裏面。帶鹽的水滴、汗滴、淚滴、霧漫森林的雨滴。通過來自生命的隱喻（metaphors），它們形成一種蛻變（metamorphosis），轉變我。

而，唔，這是一本中國書嗎？還是馬來西亞書？華文馬來西亞書，或更加是婆羅洲之書？？多篇作品圍繞有關身份的話題，關於在馬來西亞環境裏做華裔馬來西亞人、或者海外華人，以及作為婆羅洲島，那片特殊大地的孩子，在最親近雨林的地方誕生。而因此，這本書的聲音是海洋和叢林的聲音。而或許，張依蘋生根那片土地的詩化散文告訴我們的超越這一切，—— 關於整片大地，我們情感的感情，關於哭泣、為生命而戰的記憶，以及，對家園無盡的追尋。

環繞婆羅洲的海洋送出它的波濤，穿越海洋，抵達成為讀者的我。同一片海，同一座大地。同樣的聲音，說著過去和現在的記憶。

2007，克里特島

註：

麥立昂（Christian F. Meyer）

現任德國萊比錫大學東亞學系教授及香港中文大學文化與宗教學系副研究員。

自序

楊柳依依

昔我往矣，楊柳依依。

2007年出版了《吉隆坡手記》。那是我的「黑馬」文集，記載了我從台北歸國，再次成為一個「吉隆坡女人」，在大學講授文學、和學生一起催生了幾本文學刊物、藝文活動，以及，鼓勵學生成立出版社的詩生活實錄。

《哭泣的雨林》卻是我心頭縈繞不去，等待降生的文集。

〈哭泣的雨林〉並非為得獎而寫，但它在台灣得了一個文學獎。廖咸浩教授頒獎時酷酷地盯著我問了一句：為甚麼寫這麼冷的小說？

我愣了一下，低低回答：因為有認識的人生命如此，我想為無法言說的人說話。

他溫暖地笑了，還是酷酷地，說：很好，繼續寫。

楊柳依依；昔我往矣。

我渴望把這橫跨二十年歲月的文字通過出版進行放生。然後就頭也不回地往前走。

昔我往矣。

我但願雨林不再哭泣。

目次

Vorwort 005
序言 009
Foreword 013
序 015
自序 017

聲音 023
海外 029
望南天 039
北方的竹 047
山那邊 055
夢土 069
回眸 077
那個我生命裡的中國人 089
桂花香 097
紗籠謠 107
黑孩子 113
阿里 121

尋找青春 125
漸漸消失的長屋 139
哭泣的雨林 147
輕 159
臉 167
影子的記憶 173
寂靜的紗麗 181
離散手記 189
秘密 197
生活在她方 203
和解 207
第一口井 215
沉香的日子 219
記憶三束 223
回首 227

後記：給詩的孩子 231
編後記 235

附錄（一）　239
附錄（二）　263
附錄（三）　267

聲音

一切是從潮汐中開始的。

我吊起耳瓣追溯記憶的聲浪，聽到昔日安居生命宮殿的歲月，那有節奏的律動悠游悠遊，讓我在無光無色的天地感到安全，彷彿，漂流中自有方向。那段日子我是多麼貼近自己啊，生活就是在浪花輕輕拍打堤岸的自然樂裡，仔細聆聽自己坦蕩蕩、理所當然的心跳……噗……噗……噗……一次、又一次地證實自己的存在。

一切卻在那次莫名的震動中改變。我只記得，最先的徵兆是宛如乘電梯中途忽爾下墜，令人一顆心七上八下踩空失重，緊接著，聽到水管漏水的潺潺聲，我的第六感向我發出警報，讓我強烈認知甚麼叫身不由己。

那是一股龐大的推力，我臨近類似尼加拉瀑布的頸口，心情肅穆壯烈起來，索性使力一躍，順著命運的下水道潛入，耳膜嗡嗡被空氣籠罩，又極快速頓開……呀，我從滑梯一屁股硬生生跌坐。還來不及明白怎麼回事，又被咻地一把倒抓，無辜捱了幾下，我心一慌，窩囊的哇哇痛哭起來……。心掙呀掙，親密的海、熟悉的水聲，遠得聽不見一絲漣漪。陌生的陰霾越來越濃重，我放聲越哭越兇、越哭越狠，我是豁出去的撒野了……

一些奇特悅耳的音波遁入耳心，我輾轉恢復知覺，眼前兩隻柔和的晶體正專心凝視我。不知為甚麼，我無端端鎮定下來，也許，因為我從那兩汪眼波再次憶起親切的海洋。那雙晶瑩目光下方，兩片柔軟朱紅色樂器以千變萬化的造型開合開合，一波接一波，不同的音響便錯落有致波及我的耳朵，我被這種玩意兒深深吸引，直想多奇妙。

我下意識嘗試加入這遊戲，緩緩蠕動我本能開啟音效的部份，難堪的是，我仍然只聽到空氣的靜止。那對眼睛狹長地瞇成彎彎弦月，兩片朱紅色翹起，釋放出一串清脆鈴噹聲。後來，極長的一段時間，我都在玩味這種發聲遊戲。說實在，要不然也不知如何打發長期躺臥的無聊日子。

漸漸竊知，從分辨聲音、製造聲音、到運用聲音，其間攸關我生命極大的秘密，例如，只要我發出哭聲，食物就應聲而來，臭尿布「呼」地解放，偶爾也會得到出外透透氣、吹吹風的另類服務。最妙的是，那日我無意中發出ㄅㄚ ㄅㄚ，ㄅㄚ ㄅㄚ，居然大受歡迎，許多人競相走報，將我重重包圍，剎那間，我享受了被群眾崇拜的滋味，醉倒在喜氣洋洋的嘉年華中。「ㄇㄚ ㄇㄚ，ㄇㄚ ㄇㄚ」，有人充滿期待地注視我、慫恿著。「ㄇㄚ ㄇㄚ！」我略施口惠，順口跟了一次，立刻歡聲雷動。

不過，這種伎倆表演幾次就不再稀罕，人們喜新趨奇由此可見一斑。只是，有著溫柔海洋眼睛的面孔仍在，只要我說一次 ㄇㄚ ㄇㄚ，就可換取一朵微笑，同樣地，我說一聲ㄅㄚ ㄅㄚ，一個高大男人即跪倒在我前面。

我大概就是這樣栽進聲音的魔術裡，迄今樂此不疲。目的論式運用聲音的程式命名語言；跨越程式且變化多端、抑揚頓挫的，則稱做音樂。人人都認同這樣的分類，也遵循不同聲音指涉的意涵，對它們加以使用、交換。最神奇的是，我還在實驗室見識過，聲音通過科學器材的結合、轉化，竟然發揮使小球在玻璃圓瓶中蹦呀跳呀的能量。其實，不只如此，有人告訴我，聲音甚至可以載舟覆舟，或如脫韁之馬，任意狂奔亂竄，直到它回頭也找不到主人。

我一年又一年日以繼夜往返於聲音的試驗與解讀，連睡夢中也囈語連連，唸唸有詞。我內在的迴音壁沒有一刻稍歇，鎮日惶惶以為自處，聲音的屬性也愈來愈難明。大部份的聲音只能吸收一模一樣的迴響，而一再重覆的單調令我無趣。有些聲音總是不分青紅皂白，亂響一通，務求標新立異，喧嘩取寵。漸漸漸漸，音樂不再，噪音攻佔了每一寸空間——有些聲音一發，即被沖至牆角而扭曲、有些聲音更被強猛的音波壓傷，動彈不得，更有聲音無助地穿著國王的新衣，卻不知早已掉入消音系統；各種各樣的聲音迫不及待蜂湧而出，卻沒有耳朵在聽了。快樂的歡呼或哀鳴吶喊，下場都一樣，來不及誕生，已被迅雷不及掩耳地風捲而去。我在喧嚷中倍感孤單，不覺悄悄離開人群。

在一片漆黑的路上，我慢慢地，一步一腳印走著，鞋子和泥土摩挲，發出細碎的呢喃，我心裡迴盪的聲音緩緩沉澱，耳朵忽地通徹，熟悉安全的感覺又回來了。雖然沒有海浪聲，我聽到風輕巧地拂過，正同樹葉唏哩哩地握個手，霏霏細雨滴滴答答往窗口叩門，另有超低的背景音樂以整齊的節拍，噗、噗、噗地伴奏，無數纖細紅色河流順著那不疾不徐鼓聲四處伸展，我調息均勻和諧的呼吸，唯恐破壞這動聽的天籟。

我繼續傾聽……

夜原來不是黑的，是我太久沒有抬起頭，去發現那亮得毫無保留的星星。而月的皎潔，如弦樂連綿而下，牽引眾星閃閃敲起鈴鼓，剎那間，莊嚴又優美的交響樂從四面八方默契奏鳴而起；全地在指揮者的生動引導之下齊齊大聲歡唱，鋼琴、風琴、小提琴，靈巧於風中枝椏，飛舞、翻轉，山嶽吹起雄渾號角，引來大海澎湃唱和，夜鶯也展示高八階的美聲，忘我引吭謳歌。

我的心鼓得飽滿呼應著，我的耳朵更尖更敏感了……

有聲音在說，「把光和暗分開」，寧謐的夜和奔放的晝就出場了。「用空氣將水分開」，音域寬闊的天和深具穿透力的海，立時與厚實的地琴瑟和鳴。土地初生地撐開了，青翠的嫩草，菜蔬、鮮豔多彩的果樹一個接一個，生機勃勃地抖擻精神，在音樂裡昇華……太陽拉著大提琴，帶動萬物盡情作樂，遙遙相對的月亮也拉著中提琴沉穩地跟進，水魚、飛鳥，紛紛快活地撥弄透明的水音樂、滑翔出一支支自由之歌……地上的動物也開始打節拍，跳起和平的踢踏舞，男人和女人正對唱衷曲……在相互襯托輝映之下，每一種聲音都那麼清晰動人，獨具特色……

聲音，把我從記憶喚醒，把在半路上遺失了原音的我召回來。

越聽，心中越澄明，腳步越輕盈，不知不覺，我發現自己已穿越巴別塔的藩籬，更看到亞伯拉罕、以賽亞、大衛、保羅、馬太、約翰⋯⋯站在不同時空的地段，一副音樂行家的陶醉神情，正專心聆聽那洶湧磅礡的聲音，大衛甚至忘我手舞足蹈，還起哄地向保羅眨眼，亞伯拉罕一百七十多歲的人了，居然也搖頭擺腦地哼呀哼唱⋯⋯

那聲音熱情地在我前後左右繞來繞去，可感、可知、可依偎，甚至還貼近心臟、神經、血小板⋯⋯莊嚴、愉悅、充滿活力地滲入⋯⋯

有耳可聽的都應當聽

都應當聽

當聽⋯⋯

承載我的海洋回來了。這一回，我被安置在更廣大的生命殿宇中，飄呀流呀自有十字星的聲音引導。我知道有人在側耳傾聽，我一呼一吸肺葉的韻律，像最用心的醫生，那麼地仔細，連我耳鼓最輕微的顫動，也被聽到了⋯⋯

海外

我在哪裡……

在午睡……嗯……我可以感受到床邊那扇打開的窗，坦蕩蕩地把一片晴空框起來，清明悅目，天高氣爽。

這幅畫面不是靜態的。我不必睜眼就可以倒背如流。可不是，你聽，「吱啁啁吱啁啁」，呵呵，一隻饞舌麻雀漂亮地展示飛功，從空中筆直劃過，乾淨俐落，唔，用不著猜，我知道是柔若無骨的午後季候風，躡手躡足不知何時潛入，促狹著向我吹氣呵癢……

「阿弟，你站這兒！妹仔，妳去那邊！」

「噢，等等我！」

「快呀！嘻嘻……啊！不要抓我……」快躲起來，姐姐抓人了，我知道大魚缸的角落是個藏匿的好地方……快……

「看到了！」姐姐喊……

「看到了！出來！臭坑！」咦，不是姐姐，是翠絲汀的聲音……是外甥女在指揮表弟妹捉迷藏……「嘀嘀嘀嘀……嘀嘀嘀嘀……」好吵，誰把鬧鐘調在這個時候響？

「嘀嘀嘀嘀……」似乎離我很近，嘀嘀嘀嘀，一波又一波地送過來。

竟然是我自己的鬧鐘：下午五點。寢室暮氣沉沉，窗是閉的，天冷。我為甚麼預設在此時此刻醒來……有約會……沒有。

我在哪裡？……宿舍……台大……台北！我回來了。開學了。

「臭坑！」翠絲汀稚嫩的嗓子像十多年前的姐姐，斥責在遊戲中耍詐的參加者，麻溜老練的福州話渾然天成，仍在我耳際回盪著，「臭坑！再臭不和你卡溜了！」認真地，霸氣十足。我發現自己正神經兮兮地，躺在黑暗中擁著棉被暴笑。

「臭坑！」字正腔圓，這兩個字，從出世時只會哭得羊咩咩的翠絲汀口中生產出來，並且承襲著同等份量的要脅及那麼點權威感，讓我覺得有趣又詭異。她是如何做到的？從理解、模仿到運用它發號司令？嘿，無論如何，這兩個惡字的生命確被延續下來了。

鬧鐘是過完春節，從家裡回到這座島之前，爸爸叫我帶來的。可是，為甚麼是下午五點？我記得，這個美國製造的鐘，是爸爸在新年前夕買的，年初一的傍晚，我們與到訪的朋友聊天時也響過一回。是了，八成是爸爸設定清晨五點起身徒步運動，他哪管甚麼a.m.或p.m.，他就唸幾年私塾，當時他還是中國人，當然不學洋文。

我的家在海外。

海外哪裡啊？人們對家國的具象概念不是以地的邊緣為界嗎？排除於土地中心之外，在那望不見邊際的區域之涯的抽象疆界，就是海外，住在那些地帶的黃種人，都是一種叫做「海外華人」的族群。這種血統的歷史性往往多於地理性。因為，不管你站在世界地圖的正中央—太平洋上，經度180度和赤道的交集點、抑或世界第一大洲的中心地段，「海外」依然是你的血緣—鄧主席生前「教導」要效忠僑居地、蔣總統曾推崇為革命之母、混合著離散和尊榮的尷尬身世，雖然你其實並不認識他們，也不明白兩人到底與你有何親戚關係。

我爸倒可能對他們略有所聞。他好像就是在既不嚮往革命烈士的無名光環，也沒有意願成為同志的情況下，隻身離開土地。對於那個時代而言，我爸爸的理想太高了；想安居樂業、成家立室，只好前往未知的「海外」。

真妙，不是嗎？一個家族的故事可以在一個人一生中某一時間的一個念頭之下改寫。一個生命的命運，也可以潛伏在一個人的身體裡隨之改變、從基因到成熟成形，已然橫越海洋，遠赴他鄉，連記憶都沒有。

我生在「新福州」，幾乎全鎮人都說福州話，以及福州音濃重的華語，我們不稱中文，因為已不在其「中」；也不叫國文，我們小時候都以為國文和馬來文殊字同義。「新福州」是福州人血汗匯成的新家園，是一座叫「詩巫」的小鎮。「詩中的巫國」，就是爸爸選擇安頓我們的王國，讓我們一年又一年在翻閱「馬來西亞童話故事」、「中國民間神話」、「印度民間故事」、「達雅英雄傳奇」之間，「多元文化」地成長，長成人類學物種變異的證明品種。

熱帶的泥土把我們陶塑成「可可人」，外褐內黃。我們的眉變粗了，眼睛變大、瞳孔變得原始，顴骨也機警地高聳。當我們發育成人，走在北京首都機場，人們會問我們是否菲律賓或印尼遊客。當我們來台灣唸書，同學會像讚嘆非洲人說中文一樣地驚呼：「你怎麼會講國語？」是的，我們一生中往往得花不少時間去解釋自己的身份，去調適仍游離、未完全沉澱的細胞，以及，成年後轉為顯性的，半私密半不倫不類的鄉愁。

因為在海外 ，不免對陸地好奇。因為知道血脈源自陸地，於焉產生窺探的慾望。

秘密的逗引始於爸爸桌上的「中國」郵票。當我長到視線與桌面平行的高度，就悄悄覬覦那一封封疊得整整齊齊的信封了，我總是趁爸爸日出而作、日落而息的隙縫鑽入那間房，像例行觀察計劃的執行者，緊盯著郵票上陌生的灰、褐、暗紅色彩，揣想那是一個甚麼樣的國度捎來的訊息。我衣服上斑斕的太陽花、木槿花與那些灰灰沉沉的調子就那般兩相凝視。

我沒有問他。二十多年，我始終不曾進入他內心，他當然也沒有甚麼「親子關係」概念。我曾經以為他嚴苛冷漠，其實是不善辭令。他的大半生時間都用來開墾、刻苦耐勞、娶親養子，哪有時間去「口述歷史」；倒是媽媽，他用五年割膠工資賺來的聘金相中的妻，透露了片段枝節，提供基本線索。

他絕不知道 ，我中學歷史考得最好，與他不無關係。當我秉燈夜讀，我哪裡是在備試，我在忙著尋找他的蹤影呢。

「三四十年代，支那天災人禍、饑荒加上戰事，國軍強召長男入役，民不聊生，福建省以南大批華人前來我國謀生，協助開墾……」，即使躋身馬來文字中，我仍然可以認出混在人群中，少年的他。只是，我看不到他的表情，也不知道他在想甚麼。第一次，也是最後一次離家、出國，他臨行最後一回躺在自家的床上，窗戶外是甚麼景象？他會不會記一輩子？告別爹娘和弟妹，赴一個未知的方向，除了生離，死別的陰影可曾籠罩他？

我更無從想像，在早期船艇裡，飄流汪洋長達一個月，是怎樣的漫長，腦海但浮現博物館中，簡陋的昏暗艙房，木板上飯菜的模型，三個金屬盤子，盛裝幾片豆腐乾、長豆，供應一整長桌乘客的糧食……。

「割膠工人淩晨未三點即起身，戴上頭燈，提著膠刀膠桶開始割膠。割膠工人皆勤快吃苦，晴天是他們的工作天；遇上雨天，割膠工人只能乾著急發愁，因為生計成了問題。」我能勾勒他發愁的神情。八十年代初，全球經濟衰退，他不但失去笑容，而且三百六十五天深鎖眉頭，這一切，都看在我——一個小學生的眼裡。

椰風膠雨，色彩繽紛鮮艷的奇花異卉，伏虎群象……這是許多人對熱帶雨林的想像，風景明信片式的，剝除了書寫策略的裝飾、驚險傳奇的刺激，或環保、地理知識的實效，我懷疑它還剩餘多少浪漫與魅力，尤其，對一個四十年代孑然一身、孤單無依、連徒有四壁的「家」也沒有的少年而言，林子裡不但難得一見世界第一大奇葩萊佛茜亞（Rafflesia），反而遍佈每日必須涉經的雜草，導致腿部長年累月生瘡流膿、苦不堪言；加上日以繼夜引針抽血的惡蚊，一口咬在瘡痍滿目的傷口上，抓得癢來，一雙血腳已不忍卒睹。除了體外傷膿，雨林也是瘧疾和霍亂的滋生地，在荒山野地上吐下瀉，天不應地不響，都是常有的事，提供了豐富素材予「病痛文學」倒是真的。

「一九四一年，日軍上岸，佔領新加坡、馬來亞、婆羅洲……淩虐百姓、姦殺婦女、佔領民財……」我知道，日軍命令百姓自掘土坑，以埋葬槍斃後的自己；日軍用自來水灌腸，百姓肚爆致死；日軍掌摑人民，頭歪骨折，殘廢一生；日軍……無數耳熟能詳的歷史畫面被上一代流傳著。我們被訓誨的開場白一向是：「你們呀，沒經歷日本時代，不知道苦……」，我想我真的無法知道，這樣的恐怖歲月，一天已教人無法消受，何況是三年又八個月，並且活了下來。他也許曾苦笑，早知就在故鄉當兵，戰死沙場也快活過這種日子，此時此地，何生可謀？

很可能，爸爸的生理心理就在這些熬煉中突變了。大半生的烈日烘焙、風吹雨打、撥弄曲扭，這一切遠遠抵銷最初十四年的黃土高坡與冰寒體質。冬天冒嫩芽的竹筍，雪中的梅，漸漸從記憶庫淡出，只收藏在山水畫裡。

到我出生的時代，爸爸已備好完整的家迎接我。近廿年的歲月，我一直很理所當然地獨佔一房，享受寬敞的客廳、廚房、露台、可盡情奔跑的石灰路，以及綠油油草地之間結果纍纍的紅毛丹、芒果、芭樂、香蕉、木瓜，紅橙黃綠一應俱全。我們不用擔心被蚊子咬，因為爸爸總是讓草坪維持一至兩吋的高度，隔一段日子即把落葉堆成小山，放火燒得乾乾淨淨。我們也可以毫無顧慮地嬉戲野草上，偶爾生幾顆瘡，到爸爸琳琅滿目的藥箱一探，隨手滴個消毒水、敷上藥就成了。

木板搭建的大屋子，以及周遭廣闊的空間，是爸爸赤手建立的王國，只是，他自己並不常在其中，除了休息。每天早晨天未亮透，爸爸毫不拖延的開門聲準時就宣佈一天的開始，未過片時，腳步聲已拾級而下，消失在石灰路末的鐵門。傍晚時分，我愛躺在斜木欄杆上，悠閒地觀看天空上姿態萬千的飛鳥，以及忽爾像小狗，忽爾又像鯨魚的白雲，直到倦鳥飛走、雲層也被紅霞染遍，天色緩緩沉了下來……一個人影，此刻就會適時在夜幕閉合的一剎那穿過籬笆門，騎著單車歸來，這時我便會一躍而下，跑向他接過工作包。那皮面已畫花、拉鍊被厚厚的賬簿撐壞，有魚蝦氣味的包包，裡面有我期待了一天的華文報紙，也洋溢著爸爸的氣息。他是家的創辦人、 家長、資源供應者，但他極少出席於有形。他從黎明五點到晚上六點之間的喜怒哀樂，和我出世前的歲月一樣，統稱在「過去」二字裡。他像那棵佇立屋外的椰樹一樣，為我們擋風遮雨，提供果實果汁，而又沉默、無求地低調成風景的一部分。

幾十年就在孩子們忙著長大、忙著鬧情緒、忙著憧憬和要求中如飛而逝。當我也乘搭飛機離家升學，爸爸已年屆七十，終於決定退休，為近六十年的奔波勞碌劃上句號。

當他回到他的王國，那幢獨立式大木屋，孩子都已離開，建立了各自的家庭，甚至已繁衍了下一代。幾十年的流轉，使一個少年成為「爺爺」和「外公」。在扮演家長、父親，重複又重複的鏡頭，一直到第三代的出現，他早已停格為永遠的望鄉人，文化名詞的標誌，在海之涯。

我在四面環海的島上，用他的文字閱讀他的故國；我的書寫和他的衰老在時針分針滴答滴答中，同時進行。我每隔一年回去團圓，他的白髮有增無減，他的面頰越陷越深，尤其那雙走過春夏秋冬，行過窮鄉僻壤的腳，已開始疼痛。「就像樹木，老了內裡就朽了、腐了。」他輕描淡寫，似乎形容的真的是樹木。四週的果樹倒的倒、砍的砍，都打横躺著了，因為枝幹已枯竭，不再輸送養料和水份。我兒時躺過的木欄杆，何時也已脫開，並且呈乾裂狀……

不過，這趟返家，我從看夕陽的那個角度望去，訝然發現一堆土坵，那是前些時爸爸又拖犁翻土，準備種木瓜樹用的。他說，等我明年回去又有水果吃了，又大又紅又結實的甜木瓜。

哎，我剛剛怎麼在睡覺呢？想起來了，頭痛又發，覺得冷。其實溫度不低啊，只是每次從家鄉返校上課，總鬧水土不服。一個月當中，從冬天移到盛夏，又從盛夏移回初春，我適應不良。

有一回我遲遲等不到機票，同學笑曰游泳回來。我不能。我的生命是被移植的，是那種連根部和著一小撮原土另植他處的移法，我不是游動的生物。

我在海外，在當地的溫度、濕度、光線的呵護下長成，我身子裡的生命力來自芒果、榴槤、木瓜、野豬、土雞、魚乾……，我在揮汗如雨的天氣裡雙頰紅撲撲滿是活力，在寒流中卻蒼白蕭瑟……

那爸爸呢？沒有人知道，在海外，爸爸曾否思鄉成淚，如何咬緊牙關克服痛苦與恐懼，快樂時向誰歡呼，悲傷時向誰求助，我猜，更不會有人過問他曾否生過青春痘，甚至……也沒有多少人知道他來自中國，憑赤手空拳開拓了我們的家園。

他活在二十世紀，但二十世紀史裡絕不會有他，即便只是做為歷史符號的一小點。人類書寫的歷史，記載的是科學產品、戰爭、光環和銅像，爸爸的生命史，卻將記載在萬年前被海水漫過的泥土裡。只要仍有麻雀飛過、有風拂過、有腳印踏過，只要鄉音依舊，兒童一代又一代長大，生命史的律動就不變，哪怕在春夏秋冬或四季皆夏的國度。

我的家在海外，有空來坐坐。

望南天

耳際但覺嗡嗡作響。是你上船而去那一幕的迴蕩？還是我已不勝負荷失去你的訊號。

夫君，其實，在你看招募公告回來的那一天，我就從你眼中的光彩看到你的決定。自你掀開我頭上的紅布那一天起，你就常向我訴說那個美麗的流傳。你說，你的伯伯，你的叔叔都已往南方去了，那兒，有一座很大的島嶼，島上的一方土地已賜予了我們的鄉人。那地，雨水充沛，肥沃碩壯，到處都是一片綠油油的繁榮景象，只要我們的男兒灑下勞力和汗滴，就會長出滿地的糧食，蔬果，取之不盡，用之不竭。

你越說越興奮，簡直眉飛色舞了。你用崇拜的語調說：「真正的男子漢就是憑著自己的一雙手開始一番事業的。」而你，驕傲的你，就是要成為一個真正的，有頂天立地氣魄的男子漢。於是你就等著再一次的召喚，你期待著與鄉中其他男兒一樣，把自己投入拓荒的神聖使命，讓你的身軀投向那不知名的，原始的南方。

說著，說著，你的青春彷彿已迫不及待，急欲湧溢而出，流向那片南地，去灌溉，去滋潤那兒的泥土，蠻荒。你甚至已無視周遭的天災人禍，我偶爾在你身旁嘮叨著：米缸的米所剩無幾了，可你只怔半響，又興高采烈地發你的南洋夢去了。

我有時也感染到你的滿懷希望，不禁也對那陌生的桃花源起了憧憬。或許，到南洋的那日就是我倆人生的轉捩點？……到了那兒，日出而作，日落而息，閒時到林中小路散散步，過著與世無爭的生活。這樣一想，我竟也對叔叔，伯伯們正住著的第二故鄉起了嚮往。

稍久，你開始疑惑起來，有時會喃喃低語：「難道真如傳聞般，他們都被賣作豬仔，永無歸期了？」聽你這麼說，我暗暗慶幸你還未踏上那條路。可是，你似乎不那麼想，你的意志日漸消沉，甚至沮喪了。有時，你在門口看著人來人往，目光是那麼深邃難懂。然後，有一次你用近乎絕望的口氣說：「唉！看來我這輩子只好在這個半死不活的地方待下去了。」

夫君，你那時的心情我好明白。看著你成天掛著赴南洋的日子，盼著，望著。我瞭解，烏托邦幻滅的感覺實在不好受。可是，我又為著自己難過，為我們身為女人的悲哀……。夫君，去不成南洋，不代表你失去一切啊！你還有我，還有，我們剛出世的小虎，這一切，不能給你希望嗎？

無論如何，上天沒有負你，該來的，還是來了。

上個星期，阿勇漏夜趕來咱們院裡，你高高興興的出去了，我當時讓小虎煩著，也不以為意。做夢也想不到，你回來就給了我一個是喜也是悲的消息——再過一星期，又有一批鄉人一同往南洋去了。我第一個反應是，你終於得償所願。當我轉而看著小虎甜睡中的臉蛋時，我卻不由擔心，可憐他襁褓就要跟著大小顛簸，長途跋涉吃苦。

奇怪的是，你好像完全沒想到這一點，只是沉浸在無限的喜悅和振奮的情緒中。直到大隊要走的前兩天，我憋不住了問你：「路上風塵僕僕，你說，小虎耐得了嗎？」殊不知，你，竟愣然看住我，足足呆了半響，你低下了頭，不知所措地搔了搔後腦，嚅嚅的回答：「我⋯⋯我不知道妳和小虎也要去呀！」甚麼？你竟沒打算把我們也帶去？天啊！我是你成婚才一載的媳婦呀！你居然忍心把我和剛出世的麟兒留在這兒，而你，隻身離去，去到一個相隔千重山，萬重水的地方。往後的日子，我怎麼過？

你歉然望著我，默默握住我的手：「我很快會回來接你和小虎的。這次去，一切都未安定，我不願你們跟著我吃苦。」我心情很複雜。我何嘗不知道你說的有道理，可是，我對這一切實在是措手不及。從娘家來到這兒，你是我唯一的支柱。可是，以後我卻須獨自承擔一切了，我怎能不慌，不亂呢？然而，接觸到你期盼的眼神，我卻茫然點頭了。

離別的日子霎眼就到。那個早晨的前一晚，我隻眼未曾闔上。我知道你也是，你還在院中踱步⋯⋯。

天色朦朧，偶爾傳來幾聲雞啼當兒，你用扁擔挑著簡單的包袱，就要上路了。我也抱著睡眼惺忪的小虎，跟在你後面。一直到碼頭，我們都相對無言。

船笛響了，你終於哽咽了：「玉蘭，好生保重自己，把小虎養大。我會寫信回來，也會寄錢回來。」我的視線模糊了，小虎也號啕大哭起來，也許是我的淚水凍醒了他，更也許是父愛的離去驚醒了他⋯⋯。

就這樣，我第一次那麼專注的看著你瘦削卻挺直的背影，直到消失，直到那艘船化為黑點。

夫君，哀傷是怎樣的噬蝕著我呀？

✻ ✻ ✻

今天，元叔交來一封你的信。他說你到了一座叫婆羅州的大島上，因著水土不服病倒了，如今在一個叫新珠安的墾場療養著。可是，你在信上卻隻字未提呀！夫君，我知道你的心，你太委屈自己了。其實，這又是何苦呢？經歷了你的遠去，還有甚麼是我受不起的呀！……一場夫妻，我豈會看不見你掙著乏力的手，倔強地寫下：「我已平安抵達南洋，一切都好，勿念……」我恨不得插翅飛到你身邊，照顧你……可是呀，一個女人家，我能怎樣？我只能焦急地祈禱你早日康復，強壯起來。

✻ ✻ ✻

夫君，今天收到你的十元錢，心中百感交集。我知道，這是你道道地地的血汗錢，是你省吃儉用留下來的。你實在太刻薄自己了。我猜，你的兩件替換衣物定然縫滿補丁了。我做了兩件大一點的，看看託甚麼人帶去給你……我希望你是長壯了的。

聞說南洋地方正流行霍亂，瘧疾，我真擔心你再次遭病，只希望你自己小心防著些，切莫讓我掛心。

知道你已全面投入墾荒工作，每天從早做到晚，欣慰的是你說自己的身體鍛煉得更好了，我也稍微寬心。

❈　❈　❈

小虎已牙牙學語了，他的兩顆眼睛尤其像你——堅毅，炯炯有神，看到他，就像你依稀在眼前。

我用你寄來的錢給他做了一套棉襖，紅色的，也給你好意頭。前些日子你的來信上說，你分到的五畝耕地收穫不錯，尤其薯類長得十分好，因此也把住處略加修建，你也實在應該讓自己過得舒服一些了。

你一向朋友不多，這回告訴我，你在那兒有了個莫逆之交，而且還是當地的土人，我真有些驚奇。也許有一天，我也會與他的夫人交上朋友？

❈　❈　❈

近來心情十分煩躁，也是因為夏天，也可能因為太久沒有你的消息了。為甚麼呢？你知道近年來支持我活下去的是甚麼嗎？小虎開始懂事了，他……他常向我問起你，他的父親，究竟在哪裡？

夫君……我聽人說，阿勇又娶了一個女人。我……你不會的，是不是？你應該不會的……不會的……。你不會不要我和小虎的，你是最有責任感的男人，一直以來，我都這麼相信你。

但是，為甚麼這麼久都沒有你的消息呢？！

你也從未提起接我和小虎的事。

我怎麼辦？！！！！

夫君……

* * *

宛若當頭棒喝，焦慮籠罩住我，經元叔相告，我才知道你竟患了風濕病，已經無法耕作許久了。怪不得，你年多來都沒有給我報「平安」的家書。慚愧我竟懷疑你……你……原諒我……。

想著你一人在異鄉備受病魔折磨，夫君，我越發無助了。你的安危尚成問題，遑論我們相聚之日呀？

難道是造化弄人？我倆當日一別竟成永訣？南方！它現在是如何刺痛我的心。

天！

* * *

近來我也不願想太多了。我找到了一處人家幫傭，勉強夠家中開銷，反正小虎也用不了多少。這孩子，年紀小小，也還伶俐，只是做些瑣碎事倒也用得著。

聽鄉裡傳著我們福州人在南洋算是出頭了，彼邦君臣對我族人稱許不已。夫君，你也是其中一份子是不是？我一向都以你為傲呀！你亦應感覺得出吧？

知道你的風濕病大有起色，我的心是高興的，但亦不若以往般起伏了。也許，這些年，每天擔著千斤重壓力過日子，麻木了。

你說你已籌了一筆錢，預備做我和小虎的盤川。我反而不太急了。該有的終會來，是不是？

＊　＊　＊

但是，有時我也很不明白自己。為甚麼，總是下意識地望著南方？

＊　＊　＊

收到你給的盤川費了。這叫甚麼？「守得雲開見月明」？啊！就快見到你了。讓我先猜想我們的家園會是怎樣的？你是否會以當初到南洋去的心情迎接我們呢？

知道我在想甚麼嗎？我呀，要把咱們的家佈置得溫溫暖暖，來補償你的辛勞。我還準備把我們完婚時的雙喜剪貼帶去，貼在門口。最高興的該是小虎了。他興奮得大叫大跳，嚷著見爹爹。他是那麼地把你當作他的英雄呢！

夫君，到最後，是你的，都要歸還給你了。撒下的辛勞，血、淚、汗，都已結果。讓我們在新的家鄉好好培養下一代，生生不息吧！

北方的竹

竹的骨幹是直的，它對此也充滿自信，就算它傾斜了，它也還是相信自己是直挺挺地立著。但是，它身旁的筍發現，它竟已偏倚。

竹是君子，已是公認，無人會有異議，筍知道這一點。馬來諺語說：「欲糾正竹，從它的幼芽開始吧！」（Melentur buluh biarlah dari rebungnya）竹已老邁，它已僵硬，它說：「筍呀！改變你自己吧！如果你要與我平行。」

竹的身上有傷痕，有血斑……也有泥濘。或許是這一切使它不勝負荷，以致傾斜？

❉ ❉ ❉

我曾經認為他是梅花，一朵來自黃土的白梅，高潔，無疵，即使沾上一點俗氣，也只是塵世的倒映。

當我開始懂得賞花後，卻發現他不是梅，雖則他來自那梅花之鄉……，抑或，他來到這炎熱的國度後，演化為仙人掌？只為了……適應熾烈的太陽？可他並沒有刺。

於是，我發現他只是一根竹，傾斜了的蒼竹。也許他故國的地質與此地的迥異，因此他在這裡才顯得偏倚。

＊　＊　＊

進入少年期、青年期，越思索，我越發現自己與他之間橫著鴻溝，但覺自身是一隻厚顏的寄生蟹。可是，為甚麼骨肉關係會變得如斯生分……？？

小時候，其實是與他親昵的。

他常常把黏著蛋白的蛋殼交給我，囑我用小茶匙杓了吃，一段時日後就讚我越來越好看。那時，約莫四五歲光景，每個傍晚，我總愛繞著隔開客廳和廚房的壁櫥跑。往往小腿忽地動彈不得，低頭一看，是他的手將我挽住，我就順勢坐到他弓起膝蓋的大腿上，騎起我的木馬來。

當我頑皮時，媽媽動輒便拿起竿枝皮條之類，他就擋在我前面。或許因為他少在家，他真的很寬容我，總說：「小孩子打甚麼？她很乖呀！」可是，這樣的好景也並不常，因為他每天一早就出去，天快黑才回來。

我稍大，大約八、九歲，才知道他是來自中國的移民，以及，他前半生的故事。那並非他告訴我的。不！他是不會跟「小孩子」說這些的。

＊　＊　＊

他出生在福建省的閩清縣，地道的福州人。據媽媽說，他的素質不錯。原來，他只唸了三年書，一年級、二年級，之後跳到六年級。可是，他寫得一手好書法。左鄰右舍辦喜事，一定撚著紅紙來我家，請他寫「祖宗紙」。

他的童年對我來說是不可想像的。

祖父早逝，就祖母一個孤女人養大他和弟妹，這該是他很早輟學的原因吧！八、九歲的孩子，開始到處打散工，幫補家計。每每替隔壁阿嬸劈柴、擔水、中午便坐在人家門口，等一句：「阿惠，進來吃口飯吧！」下午再繼續工作，直到日落時分，拖著疲乏的身子回家。阿嬸沒有留吃晚飯，因為晚上沒做工了。

一次，下午時分亦沒活兒需要他做，小孩子在門口等到天黑，失望地跑回家。母親還在田裡，只好自己墊著凳子，踮起腳跟，看看飯桶中有否前夜的剩飯。殊不知一個不穩，連人帶桶滾到地上。

他嚇得直打哆嗦，顧不了身上的淤青和腹饑，連忙跑進自己的小房間去躲起來。小小的心靈既期盼又害怕母親回來，時間，像一年又一年的捱過去。

也不知過了幾世紀，大門「嘎」地一聲開了。過了一會兒，土油燈也亮起來。忽然，一般旋風捲進他的小房間。「敗家子！柴頭生的！飯是給你使性子的嚇！看我今天不打死你！打死你！」一陣陣劇烈的痛楚似雨點落在他手上、腳上……。

他醒了過來，母親正捧著一碗粥，憂心忡忡地望著他。

「娘……。」

「你好好休息，以後不用再去幫阿嬤幹活了，自家辛苦點好過受人欺淩。」

後來經過阿嬤門口，聽到她喊：「阿惠，今天替阿嬤劈一擔柴，中午給你吃一頓吧！」他就回說：「我替你做一些工可以，可不是乞你的飯吃，我家雖窮也餓不死的。」

中國被日軍入侵時，當局從各家各戶拉男丁上戰場。鄰村的男兒一個接一個被拉去，陣亡的消息一個一個傳來，母親心焦如焚。在「好男不當兵」的原則下，一個夜裡，他撚著母親塞給他的一個銀角，搭上往南洋的船隻，揮別故土、血脈……。那年，他十五歲。

望著茫茫大海，他想哭又怕被人笑，只好強忍著酸意。家鄉已經看不見了，未來又在哪裡呢？童稚的心靈找不到歸宿。

也不知，幾個月是怎樣捱過的。白天望著波濤，晚上數著星星……想到那照在身上的月光也同樣照到母親時，心中稍稍踏實。然而，一陣哭意又悄悄湧上來……。

顛簸千山萬水，終於到達一個大島嶼，船順著港口進去，在一個叫SIDUAN的地方靠岸。他就此在婆羅洲開始了他的人生。

也許，這一段記憶在他心中刻著極深的痕跡，所以，晚上在露台吹涼風時，他臉上常現出一種似夢似幻的神情，恐怕是想起塵封的從前了。

他靠著一個銀角是怎麼活下來的？我疑惑。

媽媽說，他是最多職業的人，菜販、賣霜淇淋、搬運工人……最後是魚販。我後來總愛偷偷打量他的手，好像看著一個傳奇。

他三十多歲才娶了媽媽，一共生養九個孩子。

我們過的一直不是頂富裕的生活，他人生很長一段時間最在乎的恐怕就是這個。每天早上叫醒我的是他歎息的聲音，晚上伴我入眠的是算盤的「迪達」聲和硬幣的錚錚聲。當他易怒時，我們知道他生意又不順了。偶爾他又會買一袋水果回來，告訴我們賺了一筆錢。

孩子長大了，跟著的是升學問題。大姐爭取出國留學，給他罵為不懂事：「女孩子唸那麼多書做甚麼！哪有錢呀？」那邊廂倒買了一幢屋給哥哥。

他自己真的沒剩甚麼錢。在大陸的叔叔常常要錢，「母親病了，需要一筆錢」，「母親七十大壽，要買鐲子」，「母親……」，他收到信，總是咬緊牙關，去了一趟又一趟郵政局，寄上一張又一張的匯票。有時他會歎口氣說：「以後母親去世就不寄了。」

過了幾年，祖母去世了，叔叔的信寫的便是「老大娶媳婦，需一筆錢」、「孫子要擺滿月酒」、「我們要買下一幢大屋，現有的不夠住……」，他說：「再寄幾次吧！實在不能就不寄了。」

有一次，他苦笑：「唉！上次沒答應寄錢，到現在已有半年沒收到中國的信了。」過了幾個月，我在他的桌上溫習課本，發現一封新近收到的信，上面寫著「錢已收到了，桔子園已成功購下……」。

媽媽有時看不過眼，就會嘀咕：「弟弟也是五十多歲的人了，你要幫到他死為止嗎？你自己也該享享清福了呀！」他就低著頭：「享清福？孩子們吃甚麼呢？而且中國那兒的男孫需要我幫助創事業呀！」

不久小哥也成家了，向他要一幢房。他一臉歉意，說實在沒能力了。小哥失望之下口不擇言，責其不公平。

我永遠忘不了那一次……他一星期下來消瘦了，臉色奇差。一個下午，小哥興沖沖回來，他對他說：「這是班澤路那塊地的地契，你要就拿去吧！看甚麼時候能賣了換錢。」小哥點點頭說可以。

我忍不住：「為甚麼？為甚麼像爭遺產一樣？」他看我一眼，低下頭：「小孩子別多話。……可以的，他反正有份，既然他趕著要，我就先給他了。」他的聲音越來越低，一抬頭，竟是兩行熱淚……流過他烏暗的眼圈和乾裂的皮膚。

* * *

他終於要回故國一趟了。

為的是一探祖母和燒冥紙給她。他對媽媽苦笑：「看不到人，看看墓地也好。她上個月託夢給我，說屋子會漏水。」

啟程那天，他清晨四時半許就起身，梳洗打點一切，然後便在客廳走來走去，直到六時許赴機場。他臨近閘門的那一刻，我第一次從他臉上看到一個美麗又溫柔的笑容。

* * *

是該回去一趟了，北方的竹，回去汲取故國的沁露吧！你是高潔的，雖然你不是梅；你也不是仙人掌，雖然你的生命是堅韌的，因為，你從不刺人。

你是竹，來自北方的竹，傾斜的竹——負了別人的擔子，負了太多慈愛和鄉愁，負了太長的生活，讓筍吸走了土壤的養料，以至傾斜的竹。

雖然飛機已把你帶到遠方，我卻忽然覺得，我與你原是那麼的親近，那麼的血脈相連，雖然我們一個是冷，一個是熱……

一份特別的思念已自你小女兒的心中滋長了……爸爸……

山那邊

遠眺是我和山之間的距離。

我總是隔著無法穿越的視野觀望它們。山沉默，我也無言，彷彿熟悉，卻又陌生。我不曾親近過山，一出生就住在平坦的柏油路旁。每年清明時節，人們紛紛上山掃墓，我從來沒有。

我家無墓可掃。

我阿公三十幾歲就死了，傳說是被鬼擄去，死前幾個月沒來由咳個不停，因為我阿公人善良，被欺負也只是默默無言朝天望一眼。

我當然有見過阿公。

喏，客廳正中央紅紙黑字左昭右穆的右邊，十吋乘一呎的黑白照片上的老實臉，有一點點憂鬱，似乎沒甚麼人瞭解他的表情，永遠三十幾歲。我大姐老愛臆測，到底這相片上，阿公原來的樣子多一點，還是美術加工的成份多一些。

阿嬤隔著媽媽的肚皮看過我。

她回去的那天，我在媽媽的子宮與她緣慳一面。此後阿嬤也只在客廳正左上方朝我微笑，高聳的顴骨，使她看起來男人般的剛毅。廿世紀初那年頭，女性有甚麼好理由培養堅強，除了母愛，應該就是生活的擔子吧。阿公去世，留下二子一女，阿嬤就一個人犁田種菜洗衣煮飯，把孩子養大。

我從小就隱隱約約意識到，在很遠很遠的一片土地上，有一戶人家，他們的廳上也掛著一模一樣的兩幅照片，我阿公阿嬤也是那兒的阿公阿嬤。

那兒叫「唐山」。

就是這座自小出現在我們生活中的「山」，把想像和具像拉拔在一起，我們儘管不能，也不會將它具體化，卻似乎註定必須和它遙遙相對一起生活。

因為阿公和阿嬤的關係，我們以一種獨特的方式擁有了一座山，以及環繞著那座山的流水與大地。我們可以選擇從任何一道歷史的河口進入，緩緩航行，靜靜漫步，揣測她每一吋泥土上千百年的故事。因為那座山，我們可以在未滿半世紀的年輕國度上，以五千年的文化時空安身立命。

那座山，在我們的遙想中，日復一日，年復一年，不斷被建構、補充、修飾以不同的顏色、曲線、面貌，而它的風華也就日經月累成我們難以言喻的眷戀。

鮭魚因著對原鄉的好奇和渴望，一批又一批躍入逆流，遊往未知；冥冥中，牠們卻又似乎極熟悉那召喚的方向。這種執著，或許就像伊斯蘭信徒之始終面向麥加，惦記著先人過往朝聖的腳蹤，是一種跨越肉身和價值判斷的集體記憶，不太關乎個人的生命狀態或位置。

小時候，我常常翹著腳坐在沙發椅上，望著掛滿牆壁的山水國畫入神，怔怔地想，世界上真有這樣的山、這樣的溪流嗎？爸爸為甚麼離開自己的家，離開這樣的山，這樣的水，離開可以理直氣壯使用中文的地方，以致我在學校講華語還得被罰兩角錢……

我從來沒有放棄趨近這座山的想望。

日出日又落，一年接一年過去，輾轉之間，我竟然已沿著方塊字，漸漸攀上它的山腰，又順著它歲月的照明，品賞它文學山川的壯闊秀美。

我以為我是越來越接近它了。

而爸爸，那座山的孩子，這些年卻逐日趨向平原，他的身體正明顯地以彎弓之姿，悄悄向地心引力屈服。

去年秋天，爸爸決定回去探望他的山，再一次攀登他的故鄉和十四歲前的記憶。我說我也要去。

爸爸甚麼也不說，只輕輕頷首。

自我有記憶以來，爸爸就是這樣，話不多，可我一回頭，他總在那兒，抿著嘴佇立，那唇的弧度與阿公阿嬤的類似，順著兩邊淺淺的斜坡向中央陡削，而又在兩端相遇之後向下傾覆、深陷，倔強且無奈地。隨著年齡的老去，爸爸的髮色變得蒼茫，他唇上的菱角也日漸平薄。

在時間中，我們往往不停失去曾經的一切。爸爸在不知不覺地慢慢失去那座山，那座山也在失去爸爸，我們都知道，雖然我們和時間一起三緘其口。

與此同時，獲取也常常建立在失去中。

其實，誰不知道，去那一趟，我或將得到具像，卻也將失去想像。

但我毫無選擇。我怎能抗拒我內在最原始的本能，尤其，我早已從南中國海那端泅泳至中站的福爾摩沙。那呼喚，近在彼岸。

出發之前，我做了很多準備功夫，大量搜尋有關那個地方—福州的書。我賣力地通過文字瞭解它，以期一旦身歷其境，復以我的感官裡應外合，看它、聽它、嗅它、觸摸它、親吻它。

初秋，我在空中繞了一個大「V」，經香港飛抵福州長樂機場。第一次，我在我出生的小鎮—婆羅洲島上的「新福州」詩巫以外的機場，耳聞目睹福州話這「少數民族語言」儼然成了官方語言，這對我的耳朵和眼睛不啻都是新奇的經驗。我不曾來過這裡，我又彷彿出自此地，思緒在親切和生澀之間踱步，剎那之間，地名對我而言竟不再產生作用，我慌亂又迫切地在閘口巴望爸爸的身影。

我急需看見我熟悉的人。

爸爸終於從通道出現，不疾不徐向我走來，只輕描淡寫說句「到了，走吧！」，瞬間，落實了我腳底的觸感。

是的，到了！爸爸兒時的土地，他曾發出第一聲啼哭、初次睜眼看見這世界的地方。曾經有一天，在這片土地上，他的小腿兒茁壯了，出奇不意地站了起來，哆哆嗦嗦地頗為滑稽，眼神卻煥發出不可置信的狂喜……；又有一天，他不知怎麼就拼出了生平第一個單音，親口確定了他和生身父母的關係……爸爸的小腳曾走過、跑過、跌倒了、又站起來的地方、他曾醒來又睡，睡了又醒，漸漸長高長大的童年場景，都可能在這兒找到蛛絲馬跡……

那一星期的時光像一串活動的風景，僅在我生命扉頁間驚鴻一瞥，非常不真實，卻如何也揮之不去。而山的形影，也更不具體，有時天地昏暗，教我的視線無從開展，有時黃沙迷漫，淚水把眼前的畫面糊成一片……

我懷疑，說不定我從來不曾擁有過那座山，打從爸爸年少第一次，也最後一次離開老家的那個黑夜開始。

在歷經數十載的顛沛和盛夏溫度的煎熬之後，當年那個小男孩略駝著背，和他的小女兒一塊兒「砰」一聲關上車門，站在行李邊、風沙裡、黑暗的街道旁。

車子很快掉過頭，「咻」地消失在來時的方向中，也帶走了僅有的一線燈光。

可月的皎亮卻適時傾注下來，嗯，我看清楚了，這是一排未上漆的紅磚店屋，另一邊則是溪流和叢林，以及稀稀疏疏三兩幢土牆屋。頓時，我心中出現一種時空倒錯的幻覺---- 資訊、文字、光影聲色似乎在此皆失去它們的意義，只剩下月光、黑夜、人、土地，四角對壘僵持，端詳著彼此，同時不知所措。

前方的大木門忽地沉甸甸「咿呀」打開，一束手電筒的光芒掃射出來，身旁的爸爸不知何時已被擁簇進屋，我也被一個著紅裝的女娃兒牽了進去。不知誰點燃了一串鞭炮，「霹靂啪啦霹靂啪啦霹靂啪啦霹靂啪啦……」短短幾十秒鐘，彷彿在知會那亙古的年獸，「那孩子回來了，還帶回一個長大的女兒啊」。

「姑姑，這麼遠回來，吃麵吧。」紅娃兒十來歲的個子，口吻卻老練得大人似的。

土牆內的廚房在燈泡照耀下分外昏黃，二堂哥阿盟、二堂嫂、大堂哥阿明和大堂嫂，以及紅娃兒阿妹，喜孜孜地望著我和爸爸在淩晨一點吃麵線、雞腿和白煮蛋。可是，仔細感受，我敏感地嗅到他們的笑容裡隱藏著一絲拘謹和窘迫，以及不知名的不安神情。我彷彿看過他們的臉，那種陰鬱而又堅毅的氣質，但這沒道理……我甩甩頭，目光不覺飄過爸爸，驀然發現，爸爸的臉與他們的居然十分和諧地形成一幅完整的畫面。這種渾然天成的一致感是無法偽裝或模仿的，它是屬於地緣性的，由生活經驗傳承下來的表情，文字或任何形式的外來符號在其間並無立足之處。

事實上，這原本就是一個地圖上找不到的地方。它既不是一整個唐山，也不是一個省、一個市、或一個縣。

它只是一條街，而且是沒有名字的街，一端通往後山，一端通向外面的世界。紅娃兒迄今沒有使用過路的另一端，兩個堂嫂從鄰村嫁來這兒後就再沒出去過。據說紅娃兒還有一位大她兩歲的哥哥，在叔叔還活著種桔子的時候出生的，叫桔桔。大家都說，可惜啊桔桔，長得又俊又高大，去年夏天一個下午，嫌熱啊，打著赤膊就往溪邊走，小堂弟劍劍正巧也在那，可一眨眼桔桔就不見了。這可奇了，劍劍沒命地往山上跑，叫阿明哥他爹，可是遲了，好不容易養大的一個孩子，辛苦餵了多少米飯盼他養老，就直挺挺浮在溪水上，若不是樹枝剛好勾住衣裳，連影兒也沒了。家裡後來在他抽屜找到他爹阿盟短了的十元錢，都說桔桔大約有了意中人，要偷錢和女朋友一起去縣裡拍照，遭天譴哪。阿盟嫂說著，也只是責怪桔桔不該太妄想，臉上已無顯著的悲傷痕跡，一派認命的表情，除了那對說話間愈發瘦削的顴骨，看起來有點憔悴。

那一格的店屋是阿盟哥的家，才搬來一年多。由於這屋子有抽水馬桶和瓦斯熱水，親戚們遂決定把我們安頓在這兒。

我睡在桔桔的房間。

房裡有一張雙人床、一張桌、一張椅，以及一幅線條不純熟，塗上臘筆彩色的畫——一個踢足球的少年，左上方歪歪斜斜題字「英雄出少年」。

桔桔曾經躺在這房間裡想些甚麼呢？我胡亂猜想桔桔的身高和樣子，和他在溪流中的掙扎，月光半夜穿透視窗照耀進來，正好映在眠床上，我的眼皮終於沉沉闔上。

那邊的早晨是如何掀開一天的序幕，我記得清清楚楚。

我不認為這是因為我懷念的深，正相反，我必須承認，我不屬於那裡，尤其，它粉碎了我原有的福州，一夕之間，我不僅失去長城、黃河，更失去我的武夷山、西湖、閩江……。我無法不沮喪，原來，我阿公阿嬤、我爸爸和我，我們共有的一座山，不過是一座連接一條無名街的不知名的山。這座山既沒有任何傳奇，也沒出過任何名產或聞人。沒有人知道，當嬸嬸咧著鑲有一顆金牙的牙齒，告訴我這山就可種種稻、種種菜、春天挖些 子頭樹根煮茶、冬天掘些竹筍過日子時，我幾乎快哭出來了，這實在違背我二十多年來付諸它的情感啊。

於是，我打定主意，把它看得仔仔細細，然後再狠狠忘掉它。

天一亮，我就像一隻工於心計的狼一般，開始佈署我所有的感官，捕捉任何可能被我看見的景象、截聽一切我耳鼓可感應的音波、空氣中的氣息、味蕾可分辨的味道、以及，我身體上每一吋皮膚可察覺的所有變化。

首先是泉水潺潺地順著阡陌，往堂哥屋旁的水溝滑落，發出清脆涼快的訊號，有時也夾雜隔壁那幢大黃泥屋人家公雞的啼叫聲，喔喔喔，喔喔喔，叫得一副牠自己還未睡醒的樣子。

接著是堂嫂趿著拖鞋下樓做早飯輕巧的腳步聲，以及隨後走出來的阿盟哥撒第一泡尿、吐痰，濁著嗓子向堂嫂小聲囑咐家事的低語。

拖拉機「啪啪啪」地打店屋前陸陸續續經過，原本清新微微沁涼的空氣開始滲入油煙味和溫度。「嘩啦　！」，那是堂嫂充滿力道的手勢潑出一盆洗碗水，在路邊形成直徑最極致的一大灘水漬，麻辣俐落。

這時大約近上午七點，錯不了。

「姑姑，吃早飯了。」嗅著甫煮開的白粥或熱雞湯的香味，這一句每天準時傳來的呼喚總會讓我一咕嚕立刻起身。

我能輕易速寫生平第一次在山的那一邊醒來，在暖暖的晨光和淡淡的曉霧中乍見一片金黃的一幕。瞠－目－結－舌－，我在心中驚叫：黃金般的秋熟印象畫！這一望無際的金黃稻田，是每一株禾苗在這人煙稀少之地活脫脫的生命寫照啊！齊齊暴露在陽光和雨水之下，這些小生命歷經多少的炎炎白日、寂寂夜晚，抽長、累積、醞釀、開花，啊，終於在秋天的早晨羞澀而驕傲地捧出輝煌的果實。

一剎那間，我深深明白荷蘭畫家梵谷為何曾經日以繼夜地逼視、描繪、熾熱地用顏料愛戀他觸目所及的麥田，那無可抗拒的、燃燒著的色彩。

那是一種純粹從黃泥裡土生土長出來的驚艷，毫無機心或戒備地兀自美麗。

陽光從東邊幅射成燦爛，停泊每一方寸的稻穗之上，中間的池塘恰如一面金框鏡子，將遠處被晨霧隱藏的蓮蓬山攝取，展示給天空。偶爾微風拂過，使水面漾起幾道淺淺的漣漪，搖搖擺擺路過的幾隻鴨子見狀竟「噗通」、「噗通」爭先恐後跳下水，把好好一幅倒影塗鴉得唏哩嘩啦……

霧漸漸散了，幾縷白煙在山下現了形。原來那兒有幾戶人家，大概正在燒柴煮飯，嬝嬝炊煙不斷從各家的煙窗飄出來。約莫也是上工的時候了，稀稀疏疏可看到幾個藍靛色、軍綠色的影兒在田間移動，為這幅風景平添幾許生氣。一時之間，人景已交融成一體。

我怔怔入神。如果阿嬤當年不忍心讓爸爸少小離家，一個人遠渡重洋，去另一塊陸地上謀生，我不也是這片風景裡的一小點；就像每一個生於斯、長於斯的男女老幼，長期穿著幾乎固定的顏色，吃著幾種輪流替換的菜餚，扮演祖輩曾示範的人生角色，順命地嵌入大自然的食物鏈，在地球這方知識缺席的角落，過著一種持續循環的人生。

嬸嬸十六歲嫁給廿二歲的叔叔，翌年阿嬤就陪同小姑赴南洋投靠爸爸，直至去世前的十年才回來。

十七歲的嬸嬸已是一位母親兼當家的媳婦。

這位當年的稚齡媽媽與我見面時已六十多歲，笑起來微瞇著眼，既慈祥又天真的模樣，門牙正中的鍍金開門見山地閃呀閃，牢靠地貼緊象牙質，如同門縫的螺絲掉了，結果上顆不同色的一般。

嬸嬸直摸著我的頭，喃喃不停，「囡囡長這麼大了，多快啊，錄音帶裡還依依呀呀地說不清楚……」不知何時又冒出一雙手，輕柔順暢地用手指爬梳我的頭髮，在我還未意識到究竟怎麼一回事時，我的頭髮已被挽成一束光溜溜的馬尾，並戴上髮夾。

嬸嬸又笑了，「囡囡，這是你姐姐啊，認得嗎？啊，囡囡不認識姐姐，沒見面怎麼認，這次回來要好好看清楚，別忘記了……」一個披散著長髮的女人笑盈盈，儘握著我的手不發一言。那是珍堂姐。

「姑姑！」

「姑姑！」

「姨姨！！」

我嚇一跳，不知那裡又綳出四個三四呎高，穿著紅白運動裝，繫上紅領巾的小孩，看得出是兩對兄妹。喊了我一聲後又縮回頭，又興奮又怕生的表情。

原來是阿明哥的孩子，劍劍和珠珠，以及珍堂姐的阿泰和阿玉，上學前特地跑來看我。聽著大人對我介紹他們，四個小學生又噗嗤一聲，嘻嘻哈哈笑成一團。嬸嬸憐愛地吩咐：「去上學吧！」小娃兒們應聲「噢！」，小鹿一般輕快地往山那頭跑了去。

紅娃兒休學了。「我已經初中一畢業了」，她說。「四個小的也快畢業了」，像大人的口氣。

畢業了做甚麼呢？

有點靦腆，但還是很順口地回答：「做媳婦呀，再過一兩年吧。姑姑，你怎麼還在讀書，讀不怕嗎？娘說，都讀老了。」

我沉默。就如前一晚半夜起身，抬頭想看看山裡的人熄燈睡熟了沒，卻被全然漆黑的天空和明亮的星群震懾住一般，無言以對。我出母胎以來不曾看過那麼清晰而晶瑩的星星，那黑暗，把整個銀河的迴旋之姿烘托在夜空，使人產生一種孤立天與地之間的單純存在感。

從未承受那麼深沉的夜的人，無從想像或理解它的濃鬱；那他該做的或許是避免成為光害的帶原者，以及沉默。畢竟，我自知並無照亮整個夜空的能耐。

那一個星期，我根本不是在生活。我像一個可惡的田野調查員，把那兒的一切當作觀察的目標，也唯有這樣，我才能克服那無以名狀的差距張力。我理解到最難跨越的距離並不是地理上的，而是根植心底的生活經驗，它可以萌生於一念之差或一項單一的決定——所造成的天淵之別。

前往祖屋吃飯的那個中午，當劍劍和珠珠蹦蹦跳跳拉我奔跑上山，我一邊走，一邊直喘氣。好不容易抵達山腰踏進大門，我腳一軟幾乎沒一個踉蹌，定睛一望大廳中央，叔叔正在遺像裡不動聲色打量我，沉默而若有所思。

嬸嬸從廚房探出頭，見我疲憊不堪的狼狽樣子，瞇著眼笑了：「囡囡爬累了！沒走過山吧？我們每天上上下下慣了，小孩子放學肚子餓，可以一口氣跑回家哪！」劍劍和珠珠氣閒神定，在一旁咧著嘴笑。

我卻笑不出。

我知道這與天資無關。

他們呱呱落地時與我一樣，赤裸裸地暴露在天光下，對世界充滿著好奇。他們的欲望不會比我的少，只不過未有供以發酵的溫床。而我當然不見得就比他們聰明，我只是稍微幸運。這念頭讓我黯然，理直氣壯不起來。

「是啊，爬累了……」我輕聲附和，聲音小得像說給自己聽。

「看！以前阿公阿嬤就住在上面。看到嗎？那個山頭後的另一個山頭，祖先就葬在那邊啊，囡囡。這兒看看就好了，你啊，上不去的，連我們都得走上一個鐘頭。」嬸嬸拉我到大門口，指著隔了一大段懸崖的遠山告訴我。

爸爸不知何時也在阿明哥和阿盟哥的攙扶下到達。

「唉，沒辦法走啊。」爸爸嘆息中有掩飾不了的興奮神色。「從前每天下午五點半放學，還未六點就到家了，跟劍劍一樣快。我那時還不是回這裡呀，是那邊……，我記得，每天一看見那山頭，就加緊腳步，知道離家沒多遠了。」

「冬天可不行吧？」嬸嬸提醒似地。

「冬天……那倒是比較慢一些，冬天雪下得厚，腳跟又生凍瘡，走起路鉎心地痛哪！」爸爸用力點頭。

「你還走得少了，我在山頭住了四十多年，四十多年啊！」嬸嬸越說越大聲，音波向四面八方擴散。

我忽然感到一陣昏眩，分不清那聲音是來自嬸嬸還是山的迴響。

長期以來，我不斷從各種角度觀察那座山，我一直以為，距離愈短，山的形貌必然愈清晰。可是，那一刻站在山腰仰望先人的山，一種無力感卻艱苦地攀上我心頭，我發現，我怎麼努力也調不準最真實的焦距。

前方的景色不斷暈散開來，有個荷著鋤頭的人影背對著我，我看不清那是我阿公、我阿嬤，還是我自己……

夢土

「嘩啦……」根伯整個人一省，心中掠過一陣驚悚感，這才發現掌心在沉思中不覺鬆開了。

一顆顆花生落在略舊的草席上，漫不經心的躺著，根伯不挺在乎的把頭轉開，眼光投射在尚帶印刷墨味的頭版報紙，也不去取，只是那麼冷冷的斜睨，讓前夜電視直播節目羽毛球賽的呼喊和掌聲撒滿整個飯廳。

「阿公，粥涼啦！」小華伸手探一探自碗中嫋嫋上升的氣體。

「唔。」

「華！好了嗎？」普魯褐黑的臉忽然出現，衝著晨光笑，襯的潔白的牙齒閃閃發亮。

「噢，走啦走啦！」小華蹬瞪蹬的跑進臥室，瞬即背著青色帆布書包出來。「阿公，我和普魯去趕巴士了！」

根伯目送孫兒和印度小孩並肩走出庭院，臉上的表情仍然紋風不動。

＊　＊　＊

「十天？再過十天就啟程？好！好！」放下電話聽筒，根伯這才牽動臉部的肌肉，一股歡愉悄悄從嘴角皺紋的擴張洩露出來。

上次回去已是五年前的事了。唉，好不容易挨到半百年齡，才得以重踏故土。可如今，唔……年輕一代只要有錢一樣進出自如！根伯有些憤慨的重重再歎一口氣。

五年前……是了，那回侄兒們商量著要開瓷廠，自己當仁不讓的資助二千馬幣，如今不知進行得怎樣啦，還有，擴充福建中學校舍……上海大學……根伯心口一片溫熱：昔日一起打球釣魚的夥伴在哪兒呢？前年傳來福伯病逝的消息……啊，阿福……

掀開記憶的匣子，小福子長大成福哥、吳同志……福叔、福伯……鏡頭快得來不及端詳，而一聲聲的「阿根」仿佛還縈繞耳際……「小福子……」根伯不覺喊出口，眼睛正好停留在廳中央大鏡上，一咎銀髮入眼簾，連忙掩飾的伸手拿杯子倒茶。喝一口，隔夜的，冷了……沒趣的擱在茶桌上。

「的鈴……的鈴……」

「阿公，是小華哦！我遲些才回！和普魯、阿裡、明仔一起去麥當勞吃，慶祝湯杯勝利！嗒——」

慶祝？根伯不由再看一看報紙頭版。這一代的觀點和自己的真不一樣哪，也難怪啦！每天一起玩兒，哪裡去計較這許多。說實在，小孩子們成天膩在一塊，倒是親熱得很，根伯腦海浮現兩個背著一式書包的小背影，一邊比手劃腳走出大門的畫面……。

但我們這一輩的人畢竟不能一概而論。根伯作了一個簡單的結論，開始感到腸胃的蠕動了。

就把早上的粥和燒餅熱一熱吧！

翻開鍋蓋，一團團的白漿糊卻迅速糊住他的食欲。目光不經意掠過對街的一排食檔，根伯下意識遲疑一下。想了想，咽下一口唾液，自嘲似的搖搖頭，終於從小鐵箱取出一張紅色紙鈔，輕輕掩上大門走出去。

「來一份羅地查奈和奶茶。」根伯熟悉地在檔子的桌邊坐下，「哎，茶多拉幾下啊！」

意猶未盡的看看鄰檔，招手：「嘿，一包拿昔樂瑪。」

好整以暇盯住印度廚師揮潑麵團的手勢，傾斜而下如瀑布的奶茶，椰漿飯不知何時已送來，還是嗅到香噴噴的氣味才發現的呢！

盤中三兩片服貼的黃瓜，點綴幾顆渾圓可喜的花生，以及炸得恰到火候的光魚仔。根伯這才察覺自己實在饑腸轆轆。他大口大口的咀嚼熱騰騰的飯，面龐被熏得紅潤起來，幾滴晶瑩的汗珠在他額角搖搖欲墜。

＊　＊　＊

遠處山丘心曠神怡地蓋滿白雪。地上雪堆中疏疏落落幾朵梅花幾乎已被完全埋住，鄰家老太太正弓著背把屋前的雪掃向一邊，不防一隻黃狗魯莽地一頭栽進雪堆，還連續打了幾個滾。

「阿黃！阿黃！別鬧了、快回來！」一個小孩子清脆的聲音響起。想回頭看看是誰，聲音卻停止了。誰？是誰？

「是誰？」根伯急切的直挺挺從床上坐起。阿黃？小孩？那聲音，原是他自己的啊！根伯心中一片混亂，……想清楚了……那山、那雪……阿黃……多久的事了，怎會無端端出現夢中？

心中一根神經微微扯動，以致根伯不禁心跳加速起來。噢，再過九天就回到夢境中的土地。莫非自己實在屬於那北國，以至五十多載的分隔仍不能使自己忘懷？

「露西！你太野蠻了！露西！露西！」門「曳」一聲被打開，一道朝陽急忙照進來。

「小華，大清早大呼小叫的甚麼事？」這小毛躁，真拿他沒辦法。

「阿公哪！露西太不夠意思了啦！人家包子不小心掉在地上，它一見就咬去吃。哎呀，我的早餐泡湯了啦！嗚……阿公……！」

「再買一個吧！多少錢？」

「兩毛錢！但是豆沙的早賣光了，我有再多的兩毛角子都沒用啦！」

「試試別的也不錯呀！小孩子別那麼死心眼。拿！快去買吧！」

「咦！小孩子別死心眼？」小華眼珠骨碌碌轉了一圈。「那大人呢？嘻嘻……」小華一邊耍嘴皮、一邊拔腿就跑。

「這小子！……」

✻　✻　✻

「對不起，阿根，這回連累你了！唉，真是喪盡天良，心被狗吃了！唉唉……」阿桐伯的聲音打顫，本來就遍佈皺紋的臉越發淒苦，眼珠像死魚般呆滯。

「嚇？」根伯宛若頭部忽然被打了一拳，無意識的整個人癱瘓在咖啡店的椅背上。

「幾千元，我儲了幾年，好不容易才存夠，卻錯信了這爛仔！好啦這下！他走人了。到外國逍遙去了，可是我們怎麼辦、怎麼辦呀？我盼了五十多年了！五十多年啊……」阿根伯的聲音啞了。「那是我擔了五十多年的菜的血本呀……」一種沒有絕望過的人無法理解的比哭還難聽的聲音。

「……」根伯恍若未聞。

「命苦啊！苦啊！十多歲出來，做了五十多年功，老牛都不如……想回一趟都不能如願……」

「……」

「當年巴巴地化名出來，如今卻連回一次都落空，何苦呀……」阿桐伯的頸部因劇烈發抖而痙攣……

「阿桐！」根伯忽然開口了。

阿桐伯愕然望住遭遇大損失居然還能保持平靜的同伴。

「你還記得十五歲那年的事嗎？」

「你是說……」阿桐伯一臉疑惑。

「嗯……」根伯頷首。「你一定記得那一夜吧？」眼神深邃起來。「天冷哪……我們兩個人都餓著肚子，在廟裡蜷著。那時縣裡招兵的事正鬧得凶，咱哥兒兩把心一橫，決定往五哥常提起的南洋闖一條生路。」

「可不是！我還做了幾次夢。嘩！地上長著金子樹、銀子草、樂得呆咧！」

「那時……，這兒是我們夢想的土地。溫暖的陽光，四季都像春天，不愁吃、不愁穿。也不怕旱災和水災。」

「這倒是真的！我們還沒有失望哩！有水、有泥土，只要肯吃苦，那愁沒生計？幾十年我還真沒餓過！」

「唔，那，你說，如果當年沒出來，又會怎樣？」

「這個嘛……這個……說不定還是下田，說不定，哎，當兵去了！再不然哪，……嘿，誰知道？或者已經和蚯蚓做了幾十年鄰居啦！」

「哈哈哈哈……」聽得阿桐伯說得不置可否，根伯不禁笑出來。「說實在，也許自己覺得時候也不多了，我這些日子還真結結實實想了幾回，十多歲出來，六十多歲啦！番話也懂得了不少，咱們……還定不下一個心嗎？」

「阿根……你……？」

「不是嗎？孩子在這兒，孫子也在這兒，根已經盤得這樣深。那兒呢？還剩甚麼？阿娘已死二十多個年頭，小時候玩的蟋蟀早不在了，那巷口也改成大路啦！」

「但……我們的血脈連在那啊！」

根伯望著窗外的白雲，合起眼睛，良久才再睜開。

「阿桐，如果現在叫你回去住，你慣是不慣？想吃印度燒餅、馬來咖喱，往哪裡找？冬天太冷，夏天太熱，阿桐，你想想，我們還屬於那兒嗎？」

「……那我們算甚麼？」阿桐伯低低地說，沮喪的低下頭。「我們甚麼都不是了……？」老人的身子似乎奄弱了。

「不，我們幾十年來不是在這裡建立了家園嗎？我們是家園的主人，這是肯定的嘛！辛苦了大半輩子，如今應該享享清福了！」根伯越說越大聲，自豪感也越來越踏實。

阿根伯聽得入神，不覺與根伯的目光相凝望了許久，漸漸兩人都露出笑意。外頭和煦的陽光似乎在剎那間也跑了進來，映得兩個老人臉上格外明亮。

「咦？你聽，廣場那邊有人在唱歌哪！」阿桐伯忽然把頭探出視窗。

「走，去看看熱鬧怎樣？」根伯也興致勃勃起來。

兩人仿佛回到壯年，三步並作兩步走向獨立廣場。

「哦！再過幾天就是國慶日了！」根伯恍然大悟，起勁的聽著一陣陣輕快的韻律「拉沙沙央嘿拉沙沙央……」地傳來。

「三十多年了，不容易啊！」

「可不是？」

「嗯！兒孫們日子都過得挺好，想想我們二十多三十那年頭，手腳做到起厚繭不說，日本在打來還被賞了不少耳光，唉……」

「呵呵，倒是熬過去了。」阿桐伯瞭解的拍拍根伯的肩膀。

迎面來了輛普騰賽佳，經過兩老時竟緩緩停了下來。根伯和阿桐伯臉上現出戒備的神色。

車窗探出一張堆滿笑意的臉：「阿伯，送你一程。」原來是住阿根伯對面的馬來人家孩子。

「阿桐，到我家坐坐、喝杯茶吧！」

「也好，反正有車坐！」阿桐伯爽快的答應。

「阿伯你好。」年輕人伸出手與坐進後座的阿桐伯重重一握，一陣熱流傳到阿桐伯的手心。

車子飛駛在四條線的康莊大道上。

回眸

從香港飛北京的「港龍」上，與某廣告設計公司總裁法國人阿諾聊起來。他盯住我老半天，猜不出我是甚麼人。「馬來西亞第二代華人。」我不卑不亢的給他答案。他「哦」一聲：「所以你回去看看？」我愕了幾秒，繼而微笑：「回去看看父親以前的國家，或者，去體驗我唸的科目的發源地吧！也可能，……去尋找一種古東方的情懷？不管怎樣，總是一個值得一走的地方，對嗎？」他想了想，點點頭。

不知道是父親的身世，仰或大三「新馬華人文化」課的洗禮，我總是清楚地為自己的身份定位。每逢需要自我介紹的場合或聚會，我往往不厭其煩的自述：「中文系，砂勞越詩巫，福州人……」對自己的現狀、來源毫不馬虎地一一交待。而若有人問起父親，噢，那可是個以「很久很久以前」為開頭的故事。「我爸是從中國來的，來的時候才十四、十五歲啊，婆婆的木櫥上只有三角銀幣，就那麼讓爸爸抓在手心來到南洋，來的時候，孤苦伶仃，舉目無親……，簡直是小型『拓荒史』。」

面對父親，我自幼悄悄好奇，一種屬於距離的敬畏和疑惑。總不明白，是怎樣的勇氣與割捨，一個未成年的小男孩就這樣泅泳過陌生的歲月，小小的腳步跨進未知……每想到這兒，鼻腔總顫過一陣溫濕。是東方古國的男兒先天該生得堅強嗎？還是，北國的男兒特別流血不流淚？我想不透。

於我，父親故國的最初記憶是民間傳奇故事、梅林牌午餐肉、香菇肉醬、草菇老抽……接著，韓健、楊陽、趙劍華……。小時候，每每進午餐時間，媽媽突然使我跑腿：「幫媽媽買一罐午餐肉加菜吧！」待我快走遠，又加一句：「注意商標哦，要正宗的喲！」又或者：「哎呀，醬油用完了！阿囡，幫媽媽去路口買一瓶回來吧！」於是我就乖乖打開我的小花傘，在豔陽下執行任務去，腦中緊記著選一罐原裝品。而當我的興趣從書生上京考試、與古典美女邂逅或綠林俠義大盜的故事轉移到湯杯賽、世界羽球錦標賽時，我已升上中學。

我唸中一，爸媽參加中國半月遊，帶給我的手信是「我終於登上長城」T恤和破了一角的葉子形地圖徽章。從爸媽零星的談話中，我知道長城很冷、蘇州的少女很美、叔叔的孩子很想來馬來西亞。後來我自己陸續從報章雜誌知道更多，發現除了食品、除了古典或俠義、除了球場上的英雄、除了旅遊，還有其他一些甚麼。像我這種家中的老九，是沒有可能存在那兒的，而大哥將被奉為天之驕子，獨享一半偌大的西瓜，並且成為大胖子。有人稱它做甦醒的龍、有人思考它和一九九七後的日子、以及還要不要稱兄道弟，而某一年的夏天，某位女神曾經路過那兒。雖然美麗女神最後還是走了，仍然有很多人喜歡去那兒玩錢生錢的遊戲、更多人相繼去遊山玩水，回家後講述公廁的故事。

那個陌生國度就這樣若隱若現、有形或無形的點綴我的生活，不是重心，卻也沒有消弭；一如胎記，沒甚麼實際效用，也沒有刻意清除。

大三赴香江參加四角大學運動會，這閃耀無數星光、有張學友有劉德華的東方之珠。港大的乒乓隊員帶我們逛街、吃點心。等渡輪過港島的當兒，望著熙來攘往的船隻後的背景—— 對岸的高樓大廈，我想到自己暫住的港大沙宣道宿舍十樓的單人房，問起港隊隊長：「香港一般的屋子的空間都不太大哦？」他很理所當然的點頭：「是啊，節省空間，我們整天都在外頭，你看，香港的公共空間做得不錯吧！」我記起地鐵站行動神速的人潮：「生活節奏這麼快，壓力大嗎？」他笑了：「香港人每分鐘都爭取吸收東西，太閒空反而不習慣！」「不累？」「累了就去外國旅行，但長住還是喜歡香港。」自信而有禮，侃侃而談。那一趟，我在香江感受到機警的生命力。

打完半決賽後，走回宿舍，甫抵十樓就聽到一陣悅耳雀躍的女聲：「系唔系蘋果呀？等你好耐啦！」始於十歲的童言稚語，一起走過少年和青澀，終於和靜—— 我的香港筆友見面。她長得像成龍的男友阿明陪她來。兩人次日齊齊請了假陪我逛街：九龍公園、中華銀行、博物院、彌敦道、旺角、銅鑼灣……阿明在雙層巴士上頭一搭一搭地打瞌睡，靜打個呵欠：「阿明累了。噓—— 你看！」說罷慧黠一笑。我心中一動，有點迷茫—— 誰說港人現實無情？是我幸運，還是別人太武斷？

九天後，隨著賽程結束，也是離港的時候了。起飛前的一小時，靜和阿明風塵僕僕、連跑帶喊出現在啟德機場。阿明笑嘻嘻叫我看東西，我彎下身體，小小一隻塑膠忍者龜正翻身站直起來。「阿明給你的。」靜抿著嘴笑。「哦——」我取出準備送給她留念的巴迪馬來裝，藍色的baju kurung。「好靚哦！」她開心地歡呼。匆匆見面，已是離別，我忽然說不出話。良久，笨拙的問：「你們沒想過移民嗎？」阿明正東張西望，沒聽見。靜用食指朝他一指：「阿明說不會有事，我們估得一樣咯！」說完又嬌憨地一笑，年輕的臉上仿佛不曾覆蓋過陰影。

回到馬大，我繼續上課，除了讀陳嘉庚，也研究包玉剛、李嘉誠的發跡史，思緒中不免流動著海水的聲音、泥土的氣息。沿著歷史的想像漫步，我常隨著父親生滿繭的雙手瞥見他的青春和汗水，……都沾著土壤，淡淡的褐黑、黏黏的感覺。來一陣風吧！我有時會這麼想，讓年輕的父親在勞動時得到一絲涼快吧！

「早期往東馬的華族移民多從事農作業，也有者從商、賣菜、賣乾糧……引發他們前來的動機，主要為當時適逢南部發生旱災、戰爭、饑荒……」炎熱的天氣，我圍著沙籠在宿舍邊趕蚊子、邊對著筆記準備期末考。

考完最後一科，唐宋散文，我就進入大四，開始籌備畢業論文。「……一九九一年，首相馬哈迪醫生在商業會議上宣佈國家將於西元二〇二〇年達致工業先進國目標。……二〇二〇展望綱領有九大目標，一……」我翻閱一份又一份的國文資料，用縮寫記下一個個關鍵詞。

大四的某一天，去一個單位元索取一份資料。該機構的職員問我，「還在唸書啊？想不想去寶島走走？還剩一個空位。」我有點錯愕「甚麼？十一月的假期去？三個星期？」對方半鼓勵半假威脅地，「限廿五歲以下者參加，你還有多少機會？」好奇心驅使我向論文請了三星期的假。

秋末的晚上，中正機場淌著習習涼風。巴士經過一條又一條的以華文字命名的街道，久不久就有競選宣言跳入人眼簾，接待員用一口典型台灣腔華語微哆地介紹：「台灣最近競選立法委員。」為避免我們人生地疏而迷路，他派給每個人一張住處的地址：「寫上你們的名字。」我寫了第一個字，想了想，劃掉，改用繁體字。那是一個提供外地青少年認識中華文化機會的觀摩團，主辦單位安排了一些藝文課。第一次學國畫，我哆哆嗦嗦畫一幅梅花圖。教畫的老先生一個接一個桌位巡看我們這些「僑民」習作。在我桌位邊，老先生「咦」了一聲，我暗忖不是挺好就是壞透。只見他眉頭一鎖：「唔——煞氣太重了！」搖搖頭：「橫眉冷對千夫指，哪有人這樣題？」指著樣本：「你看這幅多好！「寒梅圖」。或者這幅「花開富貴」也祥和多了。這麼多選擇，怎麼偏選個戾氣的？」我心歎不妙，以為題了個坦蕩蕩表現梅花氣節的詞，卻是格格不入。

又過幾天，上剪紙課。那民間手工端是有趣，一折二折三折對折……剪完打開，孿生蝴蝶、接吻魚、五「蝠」臨門……美不勝收，還有國旗、以及該地國花。下課之前，我拿著那國旗請老師簽個名以誌在此學剪紙。「簽哪裡？」老者笑容可親。「就太陽邊吧！」我喜孜孜建議。「唔？這是青天白日呀！」「是呀！」「我不敢簽這個！」老師嚴肅極了，嚇了我一跳。「換一個？」我遞上燈籠剪紙。「嗯——燈籠就可以。」老先生端端正正簽了三個字。我忽然有點恐慌，心中有一絲隱約的迷思——文化和感覺？天涯咫尺和咫尺天涯？

寶島頗多仿古建築，中正紀念堂、故宮博物院、忠烈祠……，以「故國不堪回首月明中」的姿態佇立。中正紀念堂襯著小橋流水和歷屆金馬獎頒獎地點的國家歌劇院，廣場上三個大男人在臨時舞台上又唱又跳，不遠處一群少男少女趨之若鶩的追逐著甚麼，口裡嚷著：「張信哲！張信哲！鍾漢良！鍾漢良！……」，團員中有人驚叫：「有歌星喲！快……」我繼續散步，走向小販的檔子買個糖葫蘆，悠悠的看著舔著……

聯絡上旅台七、八載的朋友。週末的午後，他說帶我去一般旅客去不到的地方。重型機車奔馳將近二小時，沒有頭盔壓抑的長髮讓冷冷的秋風任意吹拂，路上的白霧時淡時濃。「這兒和台北不一樣吧？」我望著一路上如疾速拉過的軟片、出現又消失在眼前的舊式民房及老樹：「很不一樣。」「到處都是這樣，繁華的極奢，窮的極苦。其實經濟好起來只是這幾年的事，上一代苦得要命，這一代過得像暴發戶。」我想著陳年舊事，不禁感觸：「我覺得很不容易了，小小一片土地，發展到這樣，多不容易啊！」朋友繼續沉吟：「有些東西只是表面看起來……哎，到了！」機車忽然煞住。「下來吧！」

天色竟然在不經覺間幾乎暗遍了，四周沒甚麼人，只有幾行陳舊的店屋盤根老樹似的沉默。往斜坡走上去，高高的平地望出去還有一點紅霞。「你看海那邊！是甚麼？」原來，暗紅的夕陽下呈現無數發亮的白點。我想起小學唸過的《漁火》，衝口而出：「漁船？」「嗯！」他有點得意地微笑，抬頭：「看，等下就在那兒的露天餐廳吃晚餐。」「咦？那兒為甚麼寫著「悲情城市」？呀？」那露天餐廳下，一間古代茶館模樣的人家，門口一幅匾額「悲情城市」四個字異常奪目。「就是那間店名啊！」「咦？和那部電影有關係嗎？」「對！就是這個地方拍的。一拍成名，就漸漸給旅遊業盯上了。所以，以後再來就不會是一樣的情調。」有點憑弔的意味，那一夜的寶島，在茉莉花茶的清香中，晚風吹得油燈忽明忽滅，我注視著一閃一閃越來越多的漁火，在台北與九份之間迷惑了，關於新和舊的糾結，關於發展和古典……。

終於完成論文。「馬來西亞邁向先進工業國之際，輔導中心在人文結構變遷中扮演的角色……」寫下感言，印了五本，黑色的硬皮書，燙金的字，我真的希望馬來西亞的明天是更扎實而美麗的。

在北京公幹的姐夫和姐姐打通電話到吉隆玻：「來北京好嗎？當作畢業旅行吧！快點啊，春天很短呢！……帶罐「加椰」來給我解饞吧！」

於是我又高高興興的上路了。大約七小時，馬航航班緩緩降落，景物由滿滿的黃沙仆仆逐漸清晰，北京首都機場已近在眼前。海關倒是順順利利過了，快得很。出閘門，就看到自己的名字，原來是姐姐叫計程車來接我。坐進車子，心情雀躍起來，想像著長城、想著熊貓、想著鞏俐，嘿！中國，我來了！

「你第一次來呀？」余師父打量我一下……

「是的。」乍聽北京話，我下意識猶豫著該不該捲一捲舌頭。

「看你不像本地人，怎麼會說中文呢？」

「我是馬來西亞的華人，華文是在學校學的。」我還真是第一次向人解釋自己何以懂華文。

「在那裡出世的？難怪……太陽曬多了吧？」

「唔……對啊！」他實在比我白皙得多。「在馬來西亞也常被誤以為土著。」

「你的眼睛不像中國人。」他又望我一眼。

「我的確不是啊！」我暗笑他研究的眼神。

一路上，余師父導遊似向我介紹四周的景物。「這是北京最大的高速公路，那人是武警。這是人民紀念堂和人民英雄紀念碑，對面那兒就是……咳，……全世界都知道了，不用說了……」滔滔不絕忽然支吾地打哈哈。我看看車窗外，紅色的建築物，中有畫像：「哦—— 這是……」余師父不斷點頭：「是是是，很出名的，哈……」我好奇了：「這話題還敏感嗎？不能提啊？」他仿佛十分專心開車：「沒甚麼，大家都忘了，沒人提。哎，那中山公園，這間呢，是世界婦女大會的地點，來了好多人啊，美國的總統夫人也來了……」「她來時發表了言論，說……」「喏，那兒拐進去通王府井，這王府井你一定要去！」「王府井，甚麼朝代的？」「嗳，這王府井是最大的商場之一。」原來如此。「到了，我幫你打電話去！」車子停在路邊，左邊是約十二層的高樓，右邊是露天小販中心，前面樹下兩三個燒餅、水餃檔子。

姐姐一會兒就下來，付了車費。

「這司機很健談呢！」我告訴姐姐。

「甚麼？」姐姐睜大眼。「在這兒別跟陌生人談太多話。」我心中一悚，頓時上了一層防備，此後對公寓服務生、司機、小販皆三緘其口，只除了明伯伯和他的學生們。明伯伯本來在研究院授課，後退下來另闢天地，專事光碟輸入事業。田姐姐是其得意門生，碩士班畢業，得過不少嘉勉獎。

「沒想過出國？」我好奇，這樣一個人才。

「有很多在國外的朋友勸我走，可是……還是沒有……也許，到有一天真的希望破滅時，我就真走了。」她仰起頭，有些入神。我看得發呆，有感而發：「聽過這句話嗎？非常的時代，也是最好的時代。」她露齒笑了：「我同意。」

到達北京的第一天，公寓外一片綠意盎然，花園的四堵牆盤滿爬牆虎，推開窗，就聽到滿牆的葉子被吹得悉列列作響。醒來的第一個早晨，才六點鐘，夏天早亮，鳥兒已在吱吱歌唱。我感染到一股生氣，歡悅地推開玻璃窗，把頭探出去。隱約聽到兵士的腳步聲隨著口令整齊地交替。我怔怔凝思，啊，我正在中國、北京！晨風中飄來煙味，正欲掩上窗門，一點紅色迅速跳進視線，留住了我。不是玫瑰是甚麼？不期然癡了。是為了歡迎我嗎？園中的花開了今夏的初蕾。

在京的日子，久不久便早起，往早市買蔬菜和水果，欣賞一籮籮的草莓或桃子。我也愛拿著地圖到處走，常常從西單往北走，經過灰色古老建築的胡同，偶爾一兩團楊花迎面撲來，我總要聯想著老舍巴金筆下的人物，或者長衫或藍袍褂，文質彬彬地打我面前走過。明伯伯卻老愛嘮叨著：「這好好的路好種不種種楊樹，成天噴嚏打個沒完！」

往北走不遠，右拐可接踵路過北京圖書館、北海公園等，全是清朝古跡。我就這麼捏著一紙的北京城，身穿T恤工人褲闖入古代。北海公園柳樹依依，桂樹、桃樹、櫻樹一幅幅生國畫盡現眼前。每走一段路，即可能就欣賞到乾隆題的詞，把從前書展、博物院中的名人書法在我腦中蓋上的神秘面紗一一掀開，一時帝皇嬪妃的足印蓮步若即若離，仿佛不再生分。而剛進入清朝，對岸的元朝又來招手，秀逸的白塔正在湖光山叢外遙遙相望。我在院中的九曲橋上坐著，用心感受北海倖留的古中國。住得稍久，才知道那一帶是出門常常經過的。有一天，和田姐姐、馮老師途徑北海出口的圍城，馮老師隨口說：「當年幾乎拆掉了，後來領導人開會，才決定保存。」我暗暗慶幸：「喏，右邊那兒就是中南海，普通人去不得的。」馮老師又指一指另一邊，中午的陽光把人縮成一個大圓點，我低頭歎一口氣：「我每一步都踏在歷史上啊！」田姐姐噗嗤一笑：「我們從小走慣，都沒感覺了，只當理所當然呢！」我訝異：「可是，這些路，當年皇帝經過、詩人走過、革命者走過……」馮老師不待我說完又向我介紹：「東邊那一排平房也快拆了，聽說要建商場。」「不可惜嗎？」我反射性的反應。「發展啊！要建大的高的呀！」田姐姐向我說明。我說不出話，腦中交疊著古典和現代的圖像。

北京的夏是乾燥的，樹葉總是蓋上一層淡淡的霧色，朦朦朧朧，披著詩意和含蓄的美，似乎總是從晨曦走來。「那是風沙。」田說，風沙？我想起席慕蓉，那種豪邁奔放的詩。「吹進鼻子很髒。」她加一句。「還有眼睛，痛。」是幻覺嗎？她的眼眶隱隱有淚光。「怎麼了？」「吹進眼睛。」真是應聲而來。田姐姐抽出紙巾，在路邊輕輕拭擦眼睛，我則靜靜站著等她。

終於結束北京小住的那一天，仍是余師父送我進機場。見我拎著大小行李，他的笑容黯了一下：「回家啦？」我笑：「是啊，總要走的。」他搔搔頭：「下次再來是甚麼時候？明年？」「下次？」我未想過哩，「不太可能是明年吧？」「為甚麼？」他問這麼多做甚麼？我不禁看他一眼，發現他還帶一絲孩子氣。「不為甚麼，你今年幾歲啊？」我好奇。「我十八歲就開車了，開了整整八年。」他又笑了：「我不愛讀書，就愛開車。」

首都機場中，我過了海關，行李也入閘了，想起余師父還在外面等，以防我的行李過不了，得載回公寓，心裡湧起一份感謝。一回眸，目光與他碰個正著。我揮揮手，他木然的臉綻現友善的笑容。我輕輕轉回頭，一邊向前走，一邊想，我真的不知道還會不會再來。我只知道，假使再來，北京和我也都已不一樣了。

坐上馬航，飛機很快就起飛了。我依在窗邊，看著看著，想起該拍張鳥瞰圖做紀念，連忙掏出相機。打開鏡頭，調整焦距，對高空下的北京做最後攝獵，不料那屋頂、那田地卻迅速模糊，黃沙越來越厚，充斥整個鏡頭。也罷，我放下相機，看著最後一抹景色消失在白茫茫中。

再睜開眼睛，喜多郎的《絲綢之路》幽幽在天地之間悠揚。機翼傾斜一邊飛著，看得到另一邊鐵翼和玻璃外淺藍的天、灰藍色的高樓和蕩漾的水光。東方之珠！借著睡意，我有一份慵懶的醉意，想像自己正翩翩在雲深不知處，從古老的京都翱翔至璀燦的香江，若俯首千里，一小時的航程外也就是福爾摩沙島了，那兒的學生的心湖還在澎湃嗎？立法委員們今天又做了甚麼？……那片古老葉子上的花蕾，散播到處千姿百態，也還如舊時一般吵吵鬧鬧、喊打喊罵著長大？……我不禁搖搖頭憐惜地笑了。

「各位旅客，飛機再過十分鐘就要降落，請緊扣安全帶……」流利的國語平穩地報告，隨著預告出現一片又一片綠油油的熱帶雨林。我想著「又回來了」，心裡一陣悄悄擴大的感動，唔，待會兒可要痛痛快快在自己的窩睡個好覺。

那個我生命裡的中國人

在真正懂人事之前，他是個遙不可及的人。我只知道，每天早上他都提著一個陳舊的大皮包去做工，那皮包的拉鏈是無法拉上的。他每天早上總燒一壺熱水洗臉，喝了一瓶雞精甚麼的，然後就把那一個皮包掛在腳車其中一邊把手上，騎到籬笆開每天的第一次門。

每天早上六點半之後，他就從我們的生活中消失，一直到傍晚六點後，透過木屋的牆壁或地板傳來一陣腳車煞車掣的摩擦聲，才再一次回到家中。於是家裡的氣氛頓時肅穆起來，我們不可以再高聲嬉笑吵鬧，誰白天打架，也已是講和的時候。是的，哪一個小孩搗蛋，只要媽媽說一聲「今晚告訴爸爸」，或者一句「爸爸就回來了，看你還敢不敢」，誰不乖乖就範！更嚴重的當然是媽媽拿起電話筒的手勢，嘴巴也唸著我打電話囉！總之，那時只知道他是爸爸，是權威的代名詞，甚至「爸爸」即是和媽媽結婚的人也是後來看到姐姐當古董珍藏的未上框大相片中，穿著西裝和婚紗的他們才恍然大悟。

媽媽和我睡同一間房，大概是為了照顧以前尚年幼的我，而又不欲打擾爸爸睡眠的緣故所做的安排吧！不過，媽媽對爸爸房裡的東西是瞭若指掌的。例如爸爸忘了把錢鈔從口袋中取出，或者早上出門前忘了關窗，媽媽總會去巡視一趟，把每扇視窗關緊，免得灰塵或蚊子飛進來。她不許我們小孩子在裡頭流連，老是怕我們把糖果甚麼之類帶進裡面去吃。只有在被吩咐做跑腿時，我才名正言順的進去他的房間，有時是幫他拿毛巾沖涼、有時是拿他的衣服給媽媽洗，他穿過的衣服總是帶著鹹鹹的魚腥味、或者是蝦乾江魚仔之類的氣息，我往往一邊拎著一邊跑，以便快快把它們扔進洗衣盆裡。

約莫我十歲時，他學車了，不久就買回一輛小貨車，也開始自己醃鹹魚了。放學回家，如果看到樓下一簍簍鮮鰻魚，我就知道下午的遊戲時間泡湯了。那整天，全家總動員，他負責切開魚頭魚身，大姐二姐三姐負責把魚的內臟殘漬清洗乾淨，置入放滿鹽花的大洋灰缸，我則幫忙扯緊魚卵，好讓四姐、五姐或大姐較易剪開。如果人手多，我可能就轉而協助洗濯已剪開的魚卵，或將它們整齊排列在報紙上，讓陽光曬乾。接著的幾天，我們都必須留意曬在場地上的鹹魚和魚卵，可別讓野狗野貓銜了去，或被雨淋著了。

雖然犧牲了玩兒的時間，可是在殺魚醃魚的過程中，卻是我感到最親近他的時候。因為，他總會時不時發號施令，糾正我們的錯誤，或催我們別貪玩，好趕在天黑前完工。有時姐姐手指累了，把卵子剪歪，爸爸也會喝一聲：「這樣剪怎樣出去見人？」

除了製鹹魚的時候，我也借著聆聽早晨破曉時分爸媽的談話來接近他。有一段時間，聽說是甚麼「經濟不景氣」，爸爸說鹹魚檔的生意非常冷清，有時歎息站了一整天，腳酸得要命，只賣出一兩條魚。而那段日子，運輸新鮮魚隻的大羅厘車很久沒出現我們家門口，洋灰魚缸也空了許久，有一回姐姐們還提了十多桶水，跳進裡頭游泳呢！

隨著長大，我的興趣多樣化起來，學姐姐們收集起郵票。我發現爸爸桌上偶爾有貼著中國郵票的信封，奇怪的是爸爸通常把用不著的紙丟掉，那些信封不管是破爛還是完整的，卻依然可以在桌上待個好幾星期。我是潛意識好奇的，輾轉從爸媽的談話中聽得有一位叔叔在中國，叔叔還有許多孩子呢！我想，多奇怪啊！叔叔為甚麼跑到老遠的中國去呢？

後來又聽到媽媽和姐姐們談起婆婆以前怎樣先嚼爛食物再放入她們口中。我趕緊追問自己是否也吃了？媽媽說，正當我還在她肚子裡的那一年，婆婆回中國去找叔叔，所以我是唯一沒見過婆婆的孫女。

不知何時爸爸又創出新花樣。一天，三輪車夫運來好幾袋用藤簍裝著的叫「馬拉煎」的東西，家中充斥一種鹹鹹、濃厚的蝦味。他自己把它們又搓又擠地弄成一條條小圓筒，又買回許多白色風箏紙，紅色、透明的小塑膠袋，更神奇的是一張張印製精美的招牌紙，上面有爸爸的名字和我們家裡的電話。我非常得意，偷偷帶了一疊到學校派給同學。原來那一切都是新工廠的前奏與佈署，我和姐姐們都是當然的員工。

大姐已出國唸書去了，二姐也開始當秘書，三姐即將面臨會考，於是新工廠的工作就由我們較小的四個包辦。四姐較大，懂的事較多。一回在包裝「馬拉煎」的當兒，她憤憤不平罵一句：

「我們這麼辛苦地做，爸爸賣了、拿到的錢就寄回中國了！」我們全部都嚇了一跳。「為甚麼呢？」「寄回給叔叔囉！要不然婆婆會傷心的。」「甚麼？誰叫他住那麼遠嘛！叔叔自己沒有工作嗎？」「哎呀，你不懂，在中國賺不多錢，很窮啦！」「我們也窮嘛！」「誰叫他跑去中國？」「他本來就在中國，是爸爸和姑姑離開了那兒！」「啊？—— 爸爸是從中國來的？」一場吱吱喳喳的討論中，我發掘到這個天大的秘密，原來爸爸以前是中國人，我宛若發現了爸爸新身份一般的驚奇。

一次晚飯後，我大著膽子問：「爸爸，你從中國來的呀？」爸爸毫不驚訝地看我一眼：「是啊！」媽媽接腔：「那時他才比你大幾歲呢！一個人，只帶了一套衣服，加穿在身上的總共只有兩件。婆婆只交給他一個二毛銀角，就這樣出來了。」嘩！是這樣的啊？……爸爸好似陷入回憶，緩緩說：「坐了一個月的船才到達。」我想了想，平日買一包蝦條就得還三毛錢啦。不解的問：「怎麼只帶兩毛錢？那裡夠用呢？」爸爸笑了：「哪有你們現在這樣幸福呀！家裡沒錢，公公早就去世了，那兩毛錢還是婆婆怕爸爸餓死了，才忍著給了來。」

自那次起，我比較敢跟爸爸說話了，雖然，要買書買簿子或還學費還是通過媽媽向他要，也許因為知道爸爸小時候如此辛苦，也或許由於知道爸爸也曾像我一樣小過。另一方面，我為著爸爸傳奇性的從前暗暗驕傲，覺得爸爸敢十多歲一個人坐船到老遠的地方，還真是個英雄！

爸爸仍舊是不苟言笑的。我漸漸長大成少女，雖然對他的畏懼已減少很多，但因著本身的生理變化，自然也不好意思膩住爸爸講話了。我小學的時候，爸爸借著做生意的需要懂得好些馬來話，所以做功課也偶爾向他問問生字。上中學後，這樣的機會少了。爸爸所懂的已不足應付我的需要，而且，我也已經懂得運用字典。

大姐拿到文憑，回鄉開始工作。離開四年後的她一回來就嚷：「爸爸老了很多！白頭髮這樣明顯。」那大抵是第一次爸爸和「老」字扯在一起。

也許外國人極講究衛生吧！大姐也學到了。她不再像從前一樣和我們一起津津有味地吃爸爸從魚檔帶回的鹹魚，尤其是那些變紅了，賣不出去的。她說很多人吃鹹魚中了癌症，我們聽得大驚，也跟著不吃。直到一天，媽媽在午餐時罵：「爸爸說，你們長大了，懂得嫌棄了！你們還不是靠鹹魚養大的，如今就瞧不起了嗎？」大姐低下頭，低低地說：「是不衛生嘛！和出不出國唸書不相干呀！」我隱隱意識到爸爸的尊嚴被我們這種反應傷害了，悄悄恢復了吃鹹魚。

爸爸卻真的如大姐所說，一年比一年增多了白髮，也開始鬧風濕病和頭痛。他發號施令的姿態不知不覺少了，更早睡覺，也更少召集「開工廠」包「馬拉煎」。我挺高興，說爸爸現在較溫柔了，沒以前嚴厲。五姐瞪我一眼：「爸爸老了，容易疲累，也比較衰弱了，沒精神管太多事。你還高興呀？」

爸爸真的是老了。他宣佈已經超過國家限制往中國探親的年齡，所以打算參加旅行團回故鄉探望婆婆。我們也都很歡喜，覺得爸爸難得可以這麼高興。誰知，就在啟程前的兩個月，爸爸接到中國來的信，捎來婆婆已於一星期前逝世的消息。爸爸那天提早收工，我一放學，他就在家裡了，還和媽媽談著婆婆以前在這兒如何疼愛孫兒的話。我看著爸爸微紅的眼，不知怎麼眼淚就湧了出來。姐姐後來罵我造作，都沒見過婆婆，有甚麼好哭的。

爸爸去中國的那天早上，四點多就起身了。穿著特別縫製的米色西裝，以及出席喜事才穿的皮鞋，早就準備好上飛機。

一個月後回來，爸爸帶回一本照滿故居、婆婆的墳地的相簿，臉上表情悠然，令人感受到一種已了卻一樁儀式後的釋然。

爸爸繼續著早出晚歸的生活。哥哥姐姐大都成家立業了，紛紛勸爸爸退休。爸爸淡淡說一句：「我還做得動，等阿小大學畢業了就退休吧！」他仍然騎腳車去上工。媽媽不讓他駕車了，一來他老花眼、二來手腳不靈活，怕要發生意外。

我在選擇往外國留學或在本地大學升學期間，心情頗鬱悶。爸爸堅持我留在本地，說是鐵飯碗一個。我認定他是抱能省則省的心態來決定，猜想是為了哥哥們多些家產繼承，忍不住對媽媽嘀咕了這些話。媽媽喝止我，說爸爸聽見了是會傷心的。媽媽從沒有用那樣沉重的口氣對我說話：「你爸爸今年幾歲了你知道嗎？快七十了！早就該退休的人，卻還天天從早站到晚，為的是誰？他的手每天都鬧風濕痛你不懂啊？」我呆住了。爸爸每日的生活片斷一幕幕從我腦中掠過，我第一次那麼深沉地觸摸到爸爸的愛，視線一片白濛濛……模糊了，也濕透了……

我乘飛機去大學報到的那天，起晚了，爸爸已去開鹹魚檔。我若有所失，十點隨飛機離去後，一年後才會回來！爸爸總是不講究道別這一套，唉！

九點鐘，我把行李搬進車廂，姐姐得載我進去機場。車子彎出籬笆門，我依依地從車前的反照鏡眷戀家園最後幾眼……驀地一個黑點來得有點急，越來越大，越來越明……像是……爸爸！我忙叫姐姐停車。爸爸的腳車也發出熟悉的「茲」一聲停下來。

我搖下車窗喊：「爸，再見！」他看著我，點點頭。姐姐再開動車子……家……真的遠了……

「爸爸怎麼這樣早回來？」我與姐姐閒聊。

「特地趕回來送你的。」姐姐白我一眼。

「甚麼？……哎，他回來……不會是也想去機場吧？」我心一動。

「應該是吧！」

「啊……」我轉頭一望，早已看不到他的身影，只有那不見起點的路……心中一熱，感到自己的喉嚨哽住……原來他一直在守護我，廿多年的日子，他默默在路上陪著我，看著我走……

我想起五十多年前、那個北方來的少年，一身粗布衣，孑然一身從船上下來，一臉茫然站在岸上，望著陌生的地方、陌生的人……心中不由既疼痛又幸福地痙攣起來……

桂花香

相中的她，臉蛋微斜，笑意盈盈，清澈的大眼睛還盛著天真和無邪的孩子氣，兩頰豐潤的天然腮紅，加上一頭濃密的烏髮，已經在我家廳堂綻放了近半個世紀的姿采。

現實中的她，卻用這一副的容顏換取我們全家的幸福。她的青春，在十九歲那年就框進那幀十六吋乘八吋的相片了。

媽媽是老式女人，從不用脂粉香水這類俏玩意兒。可是，於我，她卻是刻骨銘心的一份幽香，總在我分外孤單痛苦的時刻湧上心頭。

記憶的軸轉向十多年前……

「阿妃、阿玲，快把驅風油拿來，這個貪吃鬼呀咬我呢！……」又是我要喝奶的時候了。我是媽媽第九個孩子，可想而知一個身子懷了九胎，受到的是怎樣的虧損。當時我約莫三、四歲吧！看見兩歲的白白弟常伏在他母親胸前喝奶，也有樣學樣纏著媽媽。可是，瘦弱的媽媽又怎能供應我的苛求呢？

雖然如此，媽媽從沒在吃的方面短過我。小小年紀的我，好做家事，上完幼稚園回來總在媽媽切肉切菜的鏗鏘聲中繞前繞後，媽媽每每笑道：「肚子餓了嗎？拿包貓仔餅止一止饑吧」我若說不餓，她就會給我另一項任務：「那拿起掃把學一學掃樓梯吧！」並千叮嚀萬叮嚀：「手握在掃帚中間哦！要站在上一層掃下一層啊！你人不夠高，小心點。」我就歡歡喜喜自感「有用」地執行任務去了。中午爸爸回來，媽媽就獻寶：「樓梯乾淨嗎？是你小女兒掃的。」爸爸就會搭腔：「相當本事呀！」偶爾「出事」：「哎呀。……叮叮咚咚……」我的翻滾聲夾雜的是媽媽的驚叫，和飛奔而來的腳步聲。接著是不迭的自責：「唉，真不該叫你掃，還小嘛！唉喲，頭腫起來了！「芋頭」一粒跌疼了！以後不要掃了，等長大再學吧！嗳……」邊說邊拼命搓著我的頭，直問還痛不痛。那一天，媽媽口中總記掛著我摔疼了，逢人就說起，似乎如此才可發洩她心中的難過。而當爸爸輕鬆的笑：「不要緊啦！跌了快高長大呢！」媽媽才破涕為笑。這樣，我的「今日之星」角色才告一段落。

媽媽就是這樣呵護我長大，讓我享有時時被投以注意力的滿足感和安全感。

每個星期六早上，是我跟隨媽媽去買菜玩兒的日子。上午的陽光斜斜從背後照來，媽媽把傘擱在肩上，囑我走在前方的影子下，一高一矮的人影頂著個傘影，有時亦步亦行，有時又交疊成趣。我常常貪玩，只顧在路上尋寶，忘了將自己固定在傘影下，媽媽久不久便提一回，我才跳返圓影中一回，就這樣一路蘑菇到菜車前。

媽媽勤儉持家，賣菜叔叔建議這個、推銷那個，媽媽總是婉拒。可叔叔有一奇招：「喂，小妹，你喜歡吃這個嗎？叫媽媽買給你囉！」只要我遲疑地稍一點頭，或略渴望地望著媽媽，但聽到她爽快的應道：「好吧！選好一點的給我啊！」

媽媽不單為我遮蔭，也不讓我遭受風雨吹打。我的小學離家頗近，因此變得懶惰，總不愛帶傘，心想，下雨的話最多跑回家沖個熱水澡嘛！

情形卻往往不是這樣的。每逢颳風起黑雲，我總會輾轉從同學手中接到一把傘，「妳媽媽送來的。」待我望出去，媽媽早已不見人影，只剩同學們羨慕的眼光和彌漫在我心湖的驚喜。

夜晚我和媽媽同睡一房。偶爾因蚊子干擾，翻了幾個身，隨即便眼前一亮，耳際傳來「劈啪」一陣陣手掌拍牆或在空中相拍的聲音，睜眼一看，是媽媽張著惺松睡眼打蚊子，見我醒來又快快把燈關掉，留下一句低低的「睡吧！打到幾隻了。」我也就安詳地繼續平穩的睡眠。

當我不幸染上感冒或其他病痛時，我額上的燒常常把媽媽的眉頭燙得深鎖。於是她一搖身又變成專業的白衣天使，一日三餐按時端著調了「保衛爾牛肉精」的粥到我床畔，飯後一杯不熱不冷的溫開水和一些藥物，加一句「吃飽了再睡吧，躺著也就好了。」奇的是，我明知媽媽非醫藥人員，可只要她一句「就快好了」，我便深信不疑。

媽媽又是我的鬧鐘，自小學始，我的「平時不燒香，臨時抱佛腳」的讀書態度使我總在考試期間遲睡早起。媽媽見我幾次因對鬧鐘「免疫」而自怨自艾，就晚晚問我想幾點起身，次日按時喚醒我。有一次，我向她吐苦水：「唉，家中每個人都早睡，我也被影響，熬不了夜！」幾天後，忽然發現近日來媽媽變得遲睡，問她：「媽，妳睡不著啊？」她搖搖頭。我定睛一看，她一臉的睡意：「妳讀完書了嗎？」我打個呵欠：「想睡了。」媽點點頭：「那我回房了，妳自己也早些睡吧！快兩點了，媽媽身體也要顧啊！」

這樣一連幾晚，我心中才逐漸清楚起來，……多週到的媽媽呀！

自從學會踩單車，就不再和媽媽一起走路去買菜了。有一回興起，和她一塊步行到市上商店購物，下意識望著地上的影子，驚覺當年的短影已爬頭，足足比另一個長了一大截。我笑道：「媽媽，看！影子！我比妳高呢！」媽媽望一眼，略仰起頭看看我：「總算把妳養大了，唉！尾得仔，等你學成了，媽媽也就可鬆一口氣啦。」頓一頓又說：「開始老了！撥開頭髮，白的多過黑的呀！」我心中聽著不大舒服，有一種說不上來的情緒哽在喉嚨裡，但覺媽媽的語調給我一種預示的抽離感，我不喜歡。

接著是我一段成長中的青春叛逆期。

那幾年，我過得很煩躁又過敏多疑。家人朋友的每一句話都開刀剖析，然後採用了最消極可惡的解釋，再將它轉變為家中的烏煙瘴氣、雞飛狗跳。如果家裡誰說了我幾句，「傷害我的自尊心」，我就發狠以「要你們永遠後悔」的姿態，尤其在夜深人靜時，毅然離家出走。我總是從憤怒走到傷心，再從傷心走到害怕、孤單，卻強留一股硬悍的心情朝與家相反的方向前進，直到後面陣陣焦慮不安的腳步越走越近，冷冷的一回頭，望著黑夜裡瘦小的身子和疲憊的瞳孔，心中被叮了一口，眼淚撲簌簌出賣了我的倔強。「乖乖的，媽媽一向都是疼妳的，對嗎？」我無語，低著頭讓她牽著我的手，順服的走回家。

媽媽深沉的愛很快便治療了我「少年維特的煩惱」，使我成為情緒穩定的青年，而她的守護仍然十年如一日。

教育文憑會考後的假期，我跑去快餐廳打工，值夜班的時候總十一、二點才回到家。某一晚的事至今還深深嵌在我心坎上：放工回來，姐姐問：「媽媽沒和你一起回來？」原來她擔心我一個女孩子晚上回來不安全，走到路口接我呢！巧的是我坐同事的車子回，也沒注意到路上的她。約一小時後，梯口傳來媽媽恐慌的詢問：「阿小還沒回嗎？」我連忙應：「到家了！」她這才緩緩走上樓。「平安回來就好。」疲倦的臉上沒有絲毫的失望或懊惱。

十九歲，生智慧牙的年齡，我常鬧頭痛，發燒、作嘔。那段日子，媽媽一見我悶聲不語或面有難色便心驚膽顫，擔心我受苦，更千方百計到處查問治頭痛良方，一一為我收羅煮燉讓我嘗試。這麼煎熬下來，媽媽憔悴了，我卻可能因頻頻進補喝湯而更加精神。

又是媽媽的手，不懼酸累的三番四次為我搓揉太陽穴，讓我堅強的忍著撕裂般的頭痛，度過智慧牙冒上牙床的日子。

一轉眼，又是會考的季節，這次是為進大學而衝刺的時刻了。我家的蚊子從沒少過，我總得搖手擺腳的溫習功課，才不讓蚊子占了便宜。第一趟媽媽遞一條紗籠給我，我愣在那兒，不明所以然。她狡黠的笑一笑：「給妳套著擋蚊子。」噢！媽媽！

西方名言說：「在爭吵的環境中長大的孩子學會仇恨，在關懷的環境中長大的孩子學會快樂，在自由的環境中長大的孩子學會自信。」我懂得快樂也不畏縮，那關懷和自由恐怕都賦自媽媽豐厚的愛。一般父母對兒女若愛得深，也許就管得緊，媽媽卻奇特的在她的關心裡給我足夠成長的空間，不曾壟斷我發展興趣和做決定的權力。就如少年時代的幾回出走離家插曲，媽媽默默陪我在黑漆漆的夜裡流浪，最後帶我再次回家。為甚麼我可以在鬧情緒後瞬間馴服？也許，因為「家」親自來接我回去。是的，有媽媽關懷的地方就是家……就是歸宿。

疏忽的我沒有想過，那段「媽媽獻計、紗籠避蚊」的時光就是我和媽媽分離的前奏。

幾個月的假期「咻」一聲過去，如箭，也把我生命最初與媽媽相連不曾分隔的部分如梭卷起，再也不還給我。

成績放榜、大學錄取信、訂機票、收拾行李，一切發生的讓人來不及醞釀難舍情緒。

離鄉的那個下午，我還做著最後的收拾工作，這個漏了，那個未拿，媽媽在一旁比我還緊張，直催：「動作快點，飛機快起飛了！」好不容易收拾妥當，一抬頭，媽媽還倚在門口。「餓嗎？吃了才走吧！」我還來不及回答，爸爸在樓下喊了：「好了嗎？走吧！」我想想並不餓，婉拒媽媽：「不吃了！餓了我自己再打算。」媽媽怔一怔，猶豫地應著：「好……吧！」

我欠起身，樓下又叫了：「快點！寧可早到不要遲到哦！」「來了來了！」我忙快手快腳提起行李走下去，媽媽的聲音從背後傳來：「在外小心照顧身體啊！辣的不要吃，下午時間別曬太陽，妳在那邊頭痛媽媽沒辦法幫妳呀！」我唯唯諾諾，啪一聲關上車門，搖下玻璃向她揮揮手：「媽，再見！」媽媽沒有反應，但我看到她的雙眼專心的望著我離開。

車子離家越來越遠，姐姐隨口問：「妳吃了嗎？」我輕鬆地：「沒有，不餓！」她皺一皺眉：「沒吃？……媽媽一吃過午飯便開始準備燉雞，要煮麵線讓妳吃了出門的……」空氣突然凝結起來，我的心亂成一團，彷彿沒吃的麵線全鑽進我的心，糾纏成交結的麻……。

幾百個日子下來，我漸漸習慣新地方、新生活、新事物，忙碌的學業和活動也慢慢把我心中懷愁和彷徨的部分填滿。

我想我已經開始獨立，不像以前那麼需要媽媽。我安排自己每天的飲食起居，只不過閑來寫一、二封信或打一通電話回家。

直至有一天，我才深察，媽媽始終是無人無事可替代的。

時逢中秋節，我和室友歡歡喜喜去買了朱古力和香草月餅吃。豈料到了晚上，我胸口作悶，頭暈痛、發冷兼噁心的感覺接踵而來，間中還真吐瀉幾回，折熬下來，夜裡十一點還在鬧著。室友手足無措，讓我吃藥卻吐了出來，叫我躺著又睡不去，同樓的印度醫科學生來關照幾趟也於事無補。我心中極度鬱悶無助，發著呆。

忽的心中一亮，翻身而起，取出電話卡就走出房間。「喂，去哪兒？不是生病嗎？」室友大感詫異。「打電話給我媽。」

滿懷期待的撥了熟悉的電話號碼，是姐姐接的電話。我簡短而強忍情緒直截了當：「我找媽媽。」

甫聽到「哈羅」，我再也不需抑制自己了。「媽，我病了！嗚……」電話那端立刻傳來關切的「唉」，緊接一連串「怎麼回事？吃了藥嗎？有沒有塗些風油？穿多一些衣服好發汗呀！妳在那麼遠，媽媽幫不到妳，只有妳自己乖乖的休養病了……」，伴著我稀裡嘩啦的哭聲和搭一句沒一句的「我好難受……很辛苦啊……」

片刻後，哭意漸消，心頭漸漸平和，發現不適的感覺似乎被掏走了，心情豁然開朗。我知道我不是一個人在承擔痛苦，媽媽瞭解，她也全然關心。啊！一股堅強油然而生。原來，媽媽特有的關懷是我的止痛劑呢！

偶爾我在沉思中會驚悚的想，我可以擁有這份安慰到甚麼時候呢？畢竟世上沒有永恆……

最近一次回鄉，媽媽臉上縱橫的線條一下子多了起來，長期暴曬的皮膚也呈現老人斑，而媽媽的腳掌有些部分竟迸裂開，露出粉紅色的嫩肉。

……我開始認識到甚麼叫「近鄉情怯」，不忍見到媽媽的身體被歲月悄悄剝削摧殘。我最痛恨的是那一回朋友來家裡拜年。我得意洋洋指著廳堂上媽媽年輕的相片炫耀：「喏，我的媽媽，美咧！」朋友卻驚訝的以不信口吻叫起來：「是嗎？妳媽媽？不像啊！」我措手不及，好一會兒才回過神，支開話題，顧左而言他。事實上，我的心卻在滴血，暗忖歲月原來無情地不單奪去媽媽的青春，就連過去的風采也想一筆勾銷。

更刺心錘骨的是母親節那天。

我大清早興高采烈打電話，向媽媽道「母親節快樂」，媽媽卻頻頻問：「誰呀？甚麼？甚麼？」我幾乎失去耐心欲掛上電話，見鬼！偏在這一天電話故障！過一陣子換爸爸來聽，總算恢復正常，爸爸對旁邊喊：「聽得見呀！阿小嘛！她打回來說「阿媽節快樂」的！」

後來無意中想到已很久沒和媽媽談天了。每次她接到電話總緊張兮兮的叫別人快來接聽。

一次，我叫住她：「我們很久沒談了，妳總是一下子就叫別人來和我聊。」她聽了沒出聲，良久才回答：「還是叫姐姐來聽吧！」我有種被拒絕的失望，向姐姐傾訴：「媽媽為甚麼這麼冷淡？」姐姐很自然的回我：「妳別怪她，她人老了，聽不清楚你講甚麼，怕妳浪費電話錢。」轟！我啞口無言，腦中血液冷起來……是……這樣……麼……？我匆匆收線，企圖切斷那份寒意……。可是，心中不踏實的感覺卻從此不斷擴張，總系著海洋另一端的媽媽。我想吶喊：雖然人老體衰是自然定律，但，善良的媽媽應該得到一些寬限啊。難道，我的成長就象徵媽媽衰敗的開始……？心中內疚和感恩交戰，對媽媽思念更深了。

媽媽也許不再美麗了，媽媽的心思也許已將漸漸被折磨得不再細緻。可是，每當伏案靜想或看著舊照片，我心中總流曳起溫馨的音樂，過去的一切歷歷湧現：我童年的嬌憨，少年的驟變，青春的不安，開成一大片清麗的花朵，在我心頭飄香，在深沉的記憶中迴蕩。那是媽媽——桂香，廳堂相框中美麗的容顏，伴隨我一生的感動……

紗籠謠

那是一段回不去的生命週期，一如已破繭而出的蝶，依戀著蛹的感覺，卻永遠只能披載戴一身七彩斑爛的羽翼，頻頻回眸徘徊。

「哦哦哦……哦哦哦……囡囡快睡覺……哦哦哦……快快長大喲……哦哦哦……」

單調又重複的幾個單字，日復一日、夜復一夜縈繞在那束成一圈、平掛在鐵架子兩端朝相反的方向翹起的大彎鉤上、被小生命躺成立體狀的紗籠邊。哦哦哦……哦哦哦……，睡的香甜，蜷縮像一團幼嫩可口的榴槤果肉的嬰兒，就這樣一天一天飛快地飽滿而長大、在有一搭沒一搭沉吟的催眠曲貫串的歲月中，把紗籠睡得愈發渾圓漲鼓。

打從約莫一百年前開始，這群人的後代就養在「紗籠」裡，讓小嬰兒安臥於那三乘六呎的粗布中，鉤住粗布圈的鐵架上裝著兩個彈簧，以粗繩繫於橫樑上；就這樣，把和著血的骨肉交託給用熱帶原木建造的屋子，任彈簧哄著小娃兒擺盪在天地之間，盪呀盪呀，在時間的分秒轉換剎那，一毫釐一毫克地偷偷囤集喝下的奶，把它化為筋骨，悄悄伸展，直至父母有一天忽然發現小腳已長得探出紗籠，驚呼「娃兒長大了！」

生命最初階段的需求有著類似的本質吧。冬天睡在餘溫的炊口上，夏天在屋外納涼到天明，大夥兒分批來追尋「南洋遍地黃金」之夢後，皆一股腦兒把孩子裹在土著以粗布漂染成紅橙黃綠圖騰的紗籠裡，放心下田耕種或割膠去了，紗籠懸在半空不著地，倒不怕蟲蟻或小動物侵害手無縛雞之力的嬰兒。不管是棕色皮膚的原住民或黃皮膚的南中國移民，家家屋樑上都繫著一根掛紗籠的粗繩子，屋外曬衣鐵絲上，每天總有幾塊小娃兒尿濕換洗，在午後的和風中被吹得國旗般飄揚的紗籠，有雨林花卉繽紛圖案的巴迪染布、有馬來男人每個禮拜五中午可穿著上回教堂頌經的格子布，也有少數人家用的是純白或豔紅的單色布……當布料的顏色漸漸褪了舊了，意味著小嬰兒也快離開紗籠，正式落地生活。

然而，戒紗籠就如戒奶一樣困難，畢竟，那一片小包裹般的天地儼然像甫離娘胎小生命的第二子宮。近三年的時光，人生的風景幾乎就是透過紗籠縫隙所看得到的一方，奶水是從那兒送入口中的，母親慈愛的臉和歌聲也自那扇天窗出現，吃夠、喝足、打著滿意的飽嗝，就悠閒地在紗籠裡玩兒，慢慢等待一種叫做「長大」的生理變化……。那三年，日子是那麼的飽足平順，不管外頭是否經濟不景氣，政局是否動亂，紗籠裡的世界總安穩如初，宛如一座永不幻滅的烏托邦，因此，它竟成了每個孩子的鄉愁所在，老捨不得離開，即便離開，也千方百計想再鑽回去溫存片刻。

於是這樣的畫面近百年來不停上演。

當母親要把浴畢的現任紗籠居留者抱進那彩布裡時，總赫然發現已有人以迅雷不及掩耳的速度佔據了小娃兒的安樂窩；不速之客正睜著盛裝殘餘的歡樂和等候挨罵的不安之眼，停止了所有借來的時間和享受：盪鞦韆、扮泰山飛躍空中、或就躺著，用臀部往上下扭動操控彈簧的升降……甚至捧著小嬰兒的牛奶瓶大喝特喝起來。

曾經，我就是那不知所措的小嬰兒，被置放在地上，等著母親把姐姐趕出紗籠，且把玻璃牛奶瓶奪回給我。我往往沉默地、冷眼觀望姐姐戰敗公雞似地垂頭喪氣爬出來，像一個非法居民理虧地被驅逐出境般狼狽，把偷來的快樂悉數奉還，落寞地慢慢走開。

而紗籠的誘惑是如此之大，以致這偷渡客總伺機去而復返。可是，生命週期的推衍已註定時間之不可逆，硬是要膠著於過往或已逝的時刻，難逃天譴。

我記得，又是一個炎炎午後，我照例被抱離紗籠沖涼去，回頭但見紗籠被激烈地搖晃擺盪，姐姐正瘋狂地閃著發光的雙眼，咧嘴開心的笑著，口中哼著「哦哦哦、哦哦哦……」

母親見狀大喝一聲，姐姐頓時傻了眼，嘴巴僵成「O」形，說時遲那時快，樑上的繩子應聲「卡察」而斷，彈簧叭噠重重擊打在姐姐的頭骨上，紅色的液體滲入鮮艷巴迪布中，姐姐也自空中墜地，昏厥過去。

那回之後，姐姐向地心引力妥協了，人畢竟是水和著泥捏成的呀，雙腳踩在土地上，才是成人的定律吧，紗籠，只能做為從那神秘世界流落塵世的過渡居所。

我不久也長得踢破逐漸薄舊的紗籠，在沒有預告的情況下，自行爬出紗籠，如已長成的蛹棄置保護它、也限制它的繭，展開生命另一階段。

姐姐更是飛快地長大，我在後頭怎麼追趕也追不上。

同樣是一個極普通的午後，熱極了，我跟姐姐到屋後的河邊浸水消暑。我打著赤膊，只穿一條姐姐幾年前穿過，布料已磨至最舒服而柔軟的大花褲；姐姐則圍著紗籠，在胸口打兩個活結，她明顯已和我不同的頸子以下部位更見微微隆起，在烈陽和細汗粒的輝映下漾著一抹渾圓的光暈。

正當我專心打量姐姐的時候，我訝然看見有紅色的液體汩汩沿著姐姐的大腿滴入水中、散開，在河中形成一圈又一圈的浮水印。姐姐見我怔怔看著她，低頭一瞄，竟然身子一軟、昏倒在河中。

原來，那是姐姐的初經，在我們都不曉得是怎麼一回事時，就來了。

紗籠布上的紅色花瓣彷彿成為姐姐告別童年的手勢，一次比一次染得血紅，觸目驚心。

邁入青春期，涉獵的多是中英文書籍或電影，我們不知不覺向祖輩的母文化及號稱國際文化的西洋文化靠攏，審美眼光附帶的文化潔癖使我們開始疏遠與「拉子文化」劃上等號的巴迪花卉圖騰，紗籠不再被視為溫床，而淪為防備夜讀時來襲的蚊子的工具，又輕又吸汗的粗布，罩在腳掌上，依然執行著它保護肉身的功能。沒有蚊子的時候，我們便將紗籠折成狹長，披在書架上遮塵，免得書本髒了舊了。

就在無數個腳底圍著紗籠的夜晚秉燈苦讀之下，姐姐考上英國著名大學，不久便出國留學去了。

「帶條紗籠去吧！」母親站在房間的角落，看著姐姐把牛仔褲、襯衫、香水等一件一件塞進行李箱。姐姐並不作答，自顧自地收拾著行李，直到「啪」地關上皮箱。

「不帶了！好土！」

母親愣在那兒，手上捧著一條折得齊整如豆腐乾的灩灩紗籠。曾經低低哼著紗籠曲的嗓子，早已多年不唱歌了，而那雙搖動紗籠的手，也早已鬆垮，甚至被歲月烙上幾許淺褐的斑點，與嶄新的紅紗籠對比之下，格外黯淡。

「姐！帶去吧！洗完澡從浴室圍著出來，多方便啊！去野餐還可圍著換衣下瀑布玩、或鋪在草地上放食物、甚至躺在上面，它又比浴巾容易風乾，好用多了……」我喋喋不休地嘗試說服姐姐，母親的臉龐漸漸亮了起來，而姐姐也轉身一把接過母親新車的紗籠，眼淚順勢滴在巴迪布上……

化蝶的蛹終要飛走，姐姐一去就是四年。寄回來的相片中，姐姐竟然別出心裁地把紗籠折成一呎，結結實實圍在腰際，色系耀目的紗籠裙上是一件純白貼身的綿衣，把姐姐襯托得在一群碧眼金髮的同學中分外動人。

不久，姐姐的相片中出現了一位固定在她身邊，環抱住她的男人。

父親和母親都反對她跟一個外國人，但姐姐懷孕了，並決定返鄉待產。姐夫西門陪她從英國飛回來。

母親去多買了幾條紗籠，車成一圈圈的布團，父親也把梯子搬來，在我們小時候睡過的地方重新繫上一根又新又粗壯的繩子，隨時迎接小外甥的降臨。

家裡原已沉寂多時，孩子都長大，老往外跑、父親年前退休賦閒在家、兩老每天一起聊聊天、做些家事，屋內的風景大部份時間像幅靜物畫。可新成員的來到彷彿使一切被魔術棒一點，重新活絡起來。

首先，我們知道那根粗繩下，很快又將懸掛著一個小娃兒，隨著彈簧上下徜徉，偶爾撒嬌的啼哭、偶爾天真地發出稚嫩的笑聲。而紗籠邊的催眠曲也將再次被唱起，與順著時鐘的滴答聲一道擺動的小娃兒，一起構成這幢屋子的動態……

小生命將一日一日、一月又一月地抽芽、長大、在裹貼他的紗籠裡一吋一吋發育成上等黃肉乾包似的榴槤果肉，等著把紗籠漲大、撐圓、踢破……

而屋外的曬衣架上每一天都夾著幾塊紗籠布，驕傲又充滿活力地炫耀在赤道的藍天豔陽下……

黑孩子[1]

第一次見到剛出母腹的小貓咪，是未求學的年齡，大抵不是三歲便是四歲。那時，見到家中唯一的一隻灰黑色的大貓腹部隆起來，媽媽說它有了孩子，姐姐說它「老潘生豬[2]」。

我不知道它從哪裡來。只知道它一開始就在我家了。我很少看到它，只有偶爾在用餐後，見到它在露台門邊的一個髒兮兮的盤子旁，吃著我們杯盤狼藉的渣滓。它一直過著隱士般與世無爭的生活，甚至，它連個代名詞都不屑用。（可能上一代的人養貓不興這套？）

自從懷了孩子，它耽在家裡的日子竟多了起來。有時清晨起身見到它急急忙忙竄下樓梯；又有時，打開壁櫥就看到它笨重地跳了出來，壯甚驚慌。我覺得它的舉止不免鬼祟，媽媽卻說它天性如此。早前老躲在森林，現在大概為了養好孩子，才在家中待下來。簡直有點像共產黨。

這樣過了許久，它似乎也慣了安逸的生活，開始在壁櫥耽上許久，有時好幾天足不出戶。媽媽開始埋怨：「整個櫥弄得都是騷味！」爸爸笑道：「日子近了嘛！」

一個早晨，我甫起身，就聽到家中一反常態的吵鬧。出去一看，正好聽到爸爸說：「兩隻都是公的。」媽媽按著頭：「難怪昨夜裡叫得那麼淒厲，八成實在疼得難頂啦！」我隱隱約約也知道是怎麼一回事了。嘿！大概貓寶寶出來見面囉。

趨前一看，一白一黑兩隻小東西，閉著雙眼半藏在母貓身下。大貓一夜之間明顯的憔悴了。它看來很激動，張牙舞爪，大有一股豁出去的氣勢，我驀的縮回欲撫摸小貓的手。爸爸警告我大貓現時對人類有戒心！那個夜裡，隔房的爸媽低聲商量著甚麼，朦朧中彷彿聽到：「丟掉一隻吧！」我張口想插嘴，眼皮卻越蓋越沉……

次日，醒來第一件事便是奔去看小貓咪。咦！黑的一隻哪兒去了？

媽媽在樓下正跟鄰人閒聊：「那只母貓怕孩子不安全，吃掉一隻黑的。」「啊！」我的胃翻騰著，彷彿看到大貓的鬚子滴著血腥。我記得年幼的我第一次叫出那麼恐怖的聲音，狂奔到樓下抱住媽媽的腳……

❋ ❋ ❋

小貓長得落實後，大貓不知何時消了聲、匿了跡。爸爸說它知道自己快死了，所以回森林老家。我去森林邊喚了幾次都沒有結果。

我們管小白貓為「喵」。（總算是個名字。）大哥常常抱它，所以白貓老愛往他懷裡鑽。我卻被跳繩、泥球等遊戲沖昏了頭，以致唯一一張與它合照的相片還是擰著它的頸，勉強拍成。

約莫我唸五號班時，白貓也離開了。或許它早就走了，只是我們並無規律地餵養它，也沒察覺。

我家的養貓史至此也告了一個段落……灰黑色的大貓和白色的「喵」是我家的「末代家貓」。

十多年如梭而逝。

沒有貓的日子，我們家多了許多老鼠。有時爸爸會唏噓，懷念大貓和喵。

✻　✻　✻

去年頭，鄰居黑黃色的貓頻頻躲在我們家，吃些魚骨雞骨。這原是無可厚非，壞的是它太不懂人情世故，夜裡時不時弄些異聲。

一個淩晨時分，爸爸被吵得怒火中燒，拎了熱水壺就要往外潑。我略感不忍，輕聲叫：「不可以吧？」可爸的動作快，只聽到一聲哀鳴！——一切靜止了。

這之後，那只貓再出現已是兩個月後的事了。它背上的毛疏疏落落，隱隱看得到粉紅的肉色。腹部大了，就像十多年前的大貓一樣。端詳一會兒，還發現它的腳跛了一隻，走起路來像行將就木的老太婆。可它的臉容卻是祥和的。

不久後的一個晚上，我正伏案預備考試，耳際傳來極短的「喵喵」聲，暗忖那母貓的身體實在被摧殘了，叫聲變得有氣沒力。

次日放學歸來，媽媽對我說：「囡囡，妳做姨姨了！」我百思不解。這時梯口響起交響樂般的貓叫聲，幼嫩的「喵！喵！」此起彼落。我恍然大悟：「那妳不也做了外婆了？」呵呵呵呵。

小貓咪共五隻，三白兩黑，一點不像母貓。媽媽手腳快，先丟了兩隻黑的。正巧該天下午賢嬌嬸帶著胖仔來玩兒，那胖仔眼尖，瞧見了雪花般的小貓，一整午逗個沒完。到了媽媽和賢嬌嬸結束交談時，只見小胖依依不捨，扯著賢嬌嬸的裙擺，不知嘀咕些甚麼。最後，賢嬌嬸很不好意思地對媽媽說：「胖仔說姐姐要那些小貓，吵著要帶回去。」小胖忸忸怩怩躲在母親後面。我和媽媽會心而笑。「喏！小胖，姐姐送兩隻給你，你可要教你姐姐好好疼貓咪喲！」他忙不迭點頭，拎起小貓，歡天喜地走了。

於是家中只剩一隻貓嬰孩。

❋ ❋ ❋

可能因為手足都走了，小貓非常怕生。討食時怯怯的，家人腳略動一動，就一溜煙跑了，有時跌在樓梯口，滾了下去。

有一次從窗口觀察在草中覓食的它，發現它的右眼陷了進去，宛若一個無底的黑洞。問起媽媽，她說它瞎了一邊眼。此後看它，總覺得它的右眼掛著淚光，似乎無限委屈、淒苦。

大約十個月後，白貓已成年，也懷孕了。它的食欲亢進，每每中午才吃過，到我放學回家，大概一時許，又在飯桌下低聲地叫了。我懷疑它把飯菜都讓給它母親吃，媽媽說並沒有，母貓甚至還餵奶給它吃呢！

前些日子，白貓常常躲在貯藏室的一個紙箱中。沒幾天後的半夜裡，睡夢中好像聽到痛苦的呻吟聲，忽高又忽低，讓人心中極之不舒服。又過了幾天，往貯藏室取東西，看到一團白色的東西，閃著顆寶石般的晶體。它動了一動，發出「喵」的一聲，暴露了底牌。我把貯藏室兩邊大門全打開，發現它的腹下藏著五隻黑色的小貓，也在叫著。

「噢！天。」

我急急通知媽媽，想到六隻大小貓一起在貯藏室拉屎撒尿，實在不妙。媽媽端的是鐵腕無情，一眨眼，再往觀察，六母子全不見了。問起她，卻說只丟了三隻小黑，另兩隻給母貓啜走了。啊！孟母「一」遷了。

第二天，瞧見它偷偷摸摸從貯藏室出來，還一副與之毫無瓜葛的神氣。我輕巧的開一線門縫，矚見兩隻小黑睡得甜極了，心中浮起一股不知名的感覺。我決定暫時不把這件事告訴媽媽。

小母親不敢明目張膽地照顧孩子，每每見它像個偵探，前後左右視察得一清二楚才一溜煙闖進貯藏室。有時貯藏室的門不巧關著，它只好望門興歎。奇怪的是小貓咪很乖巧，決不發出聲音，或許貓有語言，而它們被囑咐不許聲張？

不久，發現貯藏室有股酸味，有意無意間向媽提起。媽媽笑了笑。當晚讀書悶了，去探小貓咪。一貫的沒有聲響。但，小寶貝是與黑暗融成一團，還是……，不對呀！閃亮的眼睛也見不到。不見了！怎麼會不見了？！

「媽！媽！妳有看見小貓嗎？」媽媽躊躇片刻：「唉呀！留著做甚麼？過幾個月又生一打了，怎麼養？」說的也是事實。

為白貓難過——幾十個日子的辛苦，抽去多少血和肉始釀成的生命，生產的痛……換取一場空，不！有失望、悲戚！

可是無可否認，我也有絲如釋重負。啊！人。我羞愧、內疚交加。

我把門掩上。白貓來了很多次，不得其門而入。呼！緩兵之計。

那晚，我盛兩碗飯菜給兩隻母貓吃。白貓一邊吃，時不時偷睨著我，我心中一熱，伸手欲撫摸它，豈料它嚇得跑了。它的母親則戰戰兢兢，顫著身子讓我疼惜。沒有人愛護的小動物，已不知如何面對溫情了。

臨睡前，媽媽問：「貯藏室鎖了嗎？」

正想回答當兒，樓下傳來細聲、溫柔的「喵！喵！」，試探似的。片刻，叫聲變得撕裂般，而後聽到貓爪觸到樓梯的一連串足音——貓鳴已成了我從未聽過的咆哮……咆哮……

那晚之後，白貓失了蹤。

它的母親也不見了。

✦ ✦ ✦

今晚，剛吃過中秋節的豐富晚餐。媽媽忙著收拾飯桌，吩咐我：「囡囡，待會兒記得把剩菜放兩層膠袋，丟進垃圾桶。妳呀！有一次把剩菜放在露台，結果發黴了！」我卻陷入深思了……。

註解：

[1] 非法出世的孩子。例如中國人民只限生養一名孩子，那第二位孩子就成了黑孩子了。

[2] 老蚌生珠。這兒指未識此成語的孩子憑有限的知識猜測為「老潘生豬」。

阿里

「又是新的一天！」

在小床上的小小身子，經過一夜的酐睡，忽地動了一動，睜開眼睛。那是阿里，一醒來他就意識到：又是新的一天！

阿里圓圓的後腦勺像是可愛的小椰子，敏捷地從枕頭滾落，復一躍而起，在斜斜透進窗口、打在床鋪草席上的晨光中，如一株剛吸飽水份，探頭探腦的小蘑菇。

你瞧他，長睫毛覆蓋下的兩顆大眼睛，一張開即咕嚕咕嚕地轉動不停。

太陽自東方像個金黃汽球扶搖直上吊在半空。阿里的小椰殼頭俐落地翻身下床，一眨眼半個身子已掛在客廳的窗口，圓圓的頭探出窗外，被陽光照成一個草地上的小圓影。

「阿里！還不換校服！快遲到了！」

「唉！」草地上的小圓影立刻縮成一個洩了氣的扁平黑影。阿里戀戀不捨地再朝對面的遊樂場望一眼，垂頭喪氣爬下椅子，蹬蹬蹬邁著小腳步走回寢室。

媽媽已拿著白衣藍褲在等阿里。

「大清早又跑去站窗口，快七點了知不知道，你還沒吃早餐呢！」

阿里舉起雙手，讓媽媽套上白衣，接著雙腳既無奈又熟練地輪流單立。八、九、十、十一、十二——十二點半，阿里在心中盤算著上課時間，好長啊。幸好，還可以期待每一天的下午五點到天黑以前的快樂時光，阿里自我安慰地想著。

阿里坐在課室的靠窗位子，一邊聽老師講課，一邊看著窗外的石子路。每天上第一堂課時，阿里的心總像一隻小小的、在半空盤旋的小鳥，找不到落腳的地方，也沒有清楚的方向可去，總是有點徬惶、有點孤獨、有點想哭的寂寞感。

阿里總是用倒數的心情上課。

最後一堂課，阿里早早把鉛筆、練習簿、水壺、課本——收好，只剩下最後一堂課的讀本。

的鈴鈴鈴鈴鈴鈴鈴鈴鈴——

這是宣告自由的鈴聲！阿里的一顆心差點沒跳出來。

一出校門，阿里立刻輕快地，像匹小馬般在石子路上飛奔起來，臉上啊綻放天真爛漫的笑容，在中午的陽光下如一朵盛開的向日葵。

「阿媽！我回來了！」阿里興沖沖地扔下書包，直奔寢室小衣櫃的角落，嘿，那和阿里的小腦袋瓜一般大小的小足球已在那兒等候一整個上午啦。

比起上午的時候，阿里換了個人似的，看他巧妙地用膝蓋頂著小足球，一下、一下、又一下——久久都不落地哪。

「阿里，吃飯！」媽媽又喊了。

阿里把球藏好，乖乖爬上飯桌邊的高椅子。阿里的高度剛剛好足夠他探出他的頭在飯桌邊。他習慣把下巴擱在桌子邊緣，慢吞吞地讓下頜就著桌子一下一下地咀嚼食物。

「阿里！吃快些！吃得這麼慢，你的胃都要關門了！」媽媽又在催了。

「好啦好啦！這樣吃，要盼你長大不知該盼到甚麼時候！」媽媽看阿里總算吃過半了，嘆口氣，把阿里抱下椅子。

「去睡午覺吧！過一會兒叫你起身做功課。」媽媽又吩咐新的任務了。

阿里爬上他小小的床躺著，眼睛睜得大大，毫無睡意。

「阿里！閉上你的眼睛！」媽媽的聲音從廚房傳出來，遙控著阿里的一舉一動。阿里嚇得連忙閉上眼睛。

小足球在草地上滾呀滾——阿里在後面拼命跑拼命追，可小足球越滾越快越滾越遠，阿里刺激極了，鍥而不捨追著小球跑——

「阿里，起來了，兩點了，起來寫字。」媽媽的聲音陰魂不散，正精彩的時候又來打岔了。

媽媽輕輕拍了拍阿里的小屁股，另一隻手幫阿里抹去額頭和鼻尖的汗珠。

「阿里，別睡了，再睡就睡醉了，已經幫你把書包放在客廳的書桌上，去吧！」媽媽溫柔地告訴阿里，可阿里知道，這溫柔裡並沒有違抗的餘地。

阿里順從地結束午睡，走去客廳，爬上他的小書桌邊的椅子，打開鉛筆盒取出鉛筆，開始一個字一個字在練習簿上寫起字來。阿里知道，雖然沒有人在客廳監視他，但他不是自由的，因為媽媽隨時會出現，以確保阿里在認真練習寫字，然後再瞧瞧壁鐘，計算阿里已用功了多久。

阿里沒精打采地一筆一劃，一個一個字母慢慢塗寫，他知道，就算他提早寫完，也必須等到時鐘的短針指向5，他才能打開大門，抱著小足球到對面的遊樂場和小朋友一起玩。

阿里每寫完一行字，就爬上窗邊的小椅子，望著對面草坪上小朋友陸陸續續來盪鞦韆、坐翹翹板。

這幾天，阿里家的壁鐘越走越快。

起先是快了十分鐘、二十分鐘、——半小時——

媽媽今天嚇了一大跳，明明才吃過午飯沒多久，時鐘已直刺刺指向五點鐘。

「阿里！」

媽媽腦海中閃出阿里那兩顆慧黠大眼睛裡的黑眼珠。

客廳早已失去阿里的蹤跡。仔細一聽，窗外傳來小孩子快樂嬉笑的叫鬧聲，媽媽走到窗口一看，那活潑地像匹健壯小馬兒般奔跑的，不是阿里是誰——

尋找青春

「休息站！休息站！過了這一站就不停了！快！快！只停二十分鐘！」巴士駕駛員慣例的喊。言猶在耳，人已朝廁所指標走去。

艾妮塔抬起沉甸甸的腦袋。夕陽也快消失了，但剩幾抹紅彩欲走彌留，三兩隻鴿子漫無目的地在電杆柱子繞來繞去。開學以來同一時間的巴士坐過三，四趟了，艾妮塔從不下休息站，為了打發時間，眼睛盡往玻璃外看。這一站總是這個時刻到，也總看到幾隻鴿子飛來飛去，仿佛在尋找甚麼，卻從沒看到牠們尋著甚麼。

昏昏沉沉間，聽到重重「啪」的車門聲，接著隆隆聲夾雜不規律的顛簸，隔壁座位的女孩順勢跌坐回位子，空氣中混合汽油味，車煙，香煙，漢堡包和爆米花的味道，艾妮塔一陣反胃，可巧肚子同時卻嘀咕了一聲。

旁邊的女孩反射性的望過來，一張嘴油亮亮的，下巴沾著番茄醬：「……小姐你……不舒服是嗎？你臉色不大好……。」是一張和艾妮塔差不多年輕的臉，約莫廿出頭的樣子，不同的是她的眼睛滴溜溜的十分靈活，可艾妮塔的，她自知是甚麼樣子，像她的心一樣，是靜態的。而她的臉色，嘿，一出世就沒好過，所以呀，方才的話聽在耳中倒像諷刺！

她並不搭腔，抿著嘴轉開頭。她更不願回想這十多年的日子：摸黑起身、家務、上學、到茶室幫手，倦了喝咖啡死頂……

頂到夜闌人靜身上最後一絲精力也榨乾了，「碰」地一聲倒在床上。

巴士門嗒的開了，艾妮塔第一個衝下去。她沒行李，就一個小旅行袋掛在右肩。

「小姐，要的士嗎？……」她自顧自的走著，臉上目無表情。

一輛又一輛的巴士在身邊呼呼經過，街道漸漸靜下來，艾妮塔反而放慢了腳步，臉上線條放鬆了，在街燈下有點落寞，掛著旅行袋的右肩也氣餒的垮下來。

「回來啦！」與她同齡的阿姨尖著嗓子問。「真的是去上大學呀？」

「每天都在趕功課。」她間接回答。「店裡不忙吧？你們在家裡搖腳？」

「喲，哪有你這麼好命！前些天對街才死了老頭兒，昨天家裡燒了一整天的飯，今天還得侍候午餐晚餐，忙到現在才喘口氣哪！」小姨扁扁嘴，眼珠子盯著自己一雙手，仿佛一天來的折熬弄粗了手掌心，正心疼呢！

艾妮塔心中掠了一絲快意，暗忖：「現在你知道辛苦了？」

「小姬……回來啦？……」用窗簾隔著的角落那間房傳出微弱的聲音。

「你媽上星期又發作了。你那兒沒電話，通知不到。」坐著看錄影帶的二姨忽然插嘴，眼睛卻直勾勾的盯著螢幕。「通知不通知也沒分別吧？」

「小姬……」

「來啦。」來開窗簾，熟悉的藥味刺入鼻中，昏紅色睡燈下，母親的臉硬生生的反射出蒼白。「……媽……」她的心顫了一下，但，也只是這樣。她不知道自己多久沒哭了，每一回看到母親「發作」，她也只是靜靜去取面巾，把口沫拭去，或者幫忙按住她，就好像每天在茶室收拾桌上的狼藉杯盤一樣。

「吃了嗎？」睡在單人床上的婦人略略開一縫眼，也不知道究竟看不看得到艾妮塔，她的頭髮灰了一大片，臉頰深陷，講話時嘴唇不住哆嗦著。

「沒有。」艾妮塔簡短的應她，心中歎了口氣，感覺真的餓了，可是，舌頭仍然淡而無味，食欲似哽在喉嚨裡。

「去廚房找些吃的吧！昨天燒的飯大約還剩一兩道在家，你阿舅總不會煮得那麼儉。」婦人閉著眼，緩緩地又說。

「哦。」她心中稍微踏實足底，舔了舔嘴。「……你呢？……近來都吃些甚麼？有人煮粥給你嗎？」

「我？」母親竟然輕輕笑起來。「我吃不吃沒有關係。」

她心中起了一片雞皮疙瘩，甩了甩頭：「那我出去了。」

廳上黑漆漆地，二姨小姨諒都回房休息了，只剩下洗手間通道的燈孤伶伶亮著。艾妮塔也不開燈，仗著穿透玻璃窗的月亮，找到一盤排骨，鍋裡還剩一層飯巴，也不熱一下就吃起來，黑暗中像一隻夜裡的貓，卷瑟而易感。四周是熟悉的暗，熟悉的冷清，熟悉的累，熟悉的……孤單，艾妮塔有股強烈想離開的行動。

「哈囉，是我。……明早五點來接我？……後天走……晚安。」

躺在床上了無睡意，有生以來得以透氣的兩個月後，她對這貨倉似的小房間無比的抗拒。她心中又想擺脫這一切，不！她不要在這兒枯死，絕不！

「五樣菜，三肉二菜，做精緻點啊！別偷工減料！」

「手腳快些！一副死樣子，像你媽一樣！」

席間街頭阿蛋嫂又與二姨閒聊了。

「又翻啦？戒了三個月，還是不成？」睨了小姬一眼。「有沒有把女兒也帶上癮？十多歲的孩子，怎麼唇白灰臉的？」

她只能低著頭，在茶室間穿梭忙個不停，耳際聽著的，就當是說別人的閒話。

半年前，大馬教育文憑試後，第一次出外打工。然後，她在車行的晚宴上首次塗上口紅，胭脂，穿上向小姨求了一個星期借來的紅色露背長裙，腳踏三寸高跟鞋。她當時只是有個意念，不可以丟人現眼，在公司裡，她不願意做回茶室裡的小姬了。

第一次，有人稱讚她漂亮。麥可，那個聽說離過婚的上司就那麼走來，陪了她一整晚。……

「克鈴鈴鈴……」

「啊！」艾妮塔跳起來，慌忙按掉鬧鐘。

躡手躡腳往洗手間漱口洗臉，拎起昨天回來還未打開過的旅行袋，正要出門……

「小姬，大清早上哪兒？」母親大約沒睡熟。「天還未亮啊……」

「回學校。」她僵立著，不去看那扇窗簾。

「唉……小心點哪……」

「……我走了。」看看左腕，已經五點了，她快步走出去。

麥可的紅色日本房車已經在籬笆門斜對面候著。

「呵……。」打個哈欠，他不發一語開動引擎。

一小時後，車子在另一個市鎮裡駛進一幢半獨立屋。

她放下旅行袋就拿起掃把。

「嘩，這麼多灰塵，得大清洗一番。」她綁起頭髮。

「不用忙，不是載你來當女傭的。」他的聲音裡有不可抗拒的威嚴。她垂下頭，不知為何，她眷念著這種管教式的語氣，聽著心中就感到安全。

「多休息吧！一星期不見，臉色就差成這樣。補酒喝完了嗎？」他半責備地，又說。

她搖搖頭。

他板起她的臉，停了一秒，就用唇去碰觸她的。

「再去睡一會兒吧！……我可以進去嗎？」

她搖搖頭。

「好吧！下次吧！我也得準備上班了！」他失望的走進房間，一會兒繫好領帶出來。

她坐在桌邊發呆，手中拿著一疊文檔。

「不用申請了。」他不在意的看一眼。「幾千元，你以為我供不起這一筆獎學金的數目嗎？」

「哦？」她眼睛閃了一下。

「其實你根本不用唸啦！我養不起妳嗎？」他把門帶上，不久，汽車的聲音漸漸遠去。

她心中鬆了一口氣。就算真的申請，她也沒把握得到獎學金。她也想過麥可會替她出，只是自己是不會開口的。也許是慣了，從不肯開口要求甚麼，她已經不能承受拒絕了。

……那個男人，應該和麥可差不多年紀吧？四十五歲，與媽媽差不多年齡……。那個男人，媽媽說當他死了……她腦中恍恍惚惚。死人的樣子她並不陌生，打從七歲起，幾乎每隔幾天就跟舅舅一起送飯到那些門口掛著白布的家裡，看著一些人邊吃邊哭，有些棺木還未蓋上……。

週日晚上回到宿舍，生活打回原形。

室友文麗正在鏡前梳頭髮，右手腕套著橡皮筋，綁了又解下來，重新綁過……見到艾妮塔進來，一個笑容立刻湧上酒窩：「回來啦？羨慕喲，這麼常回家！」

艾妮塔牽一牽嘴角。文麗的活潑雖有時令她招架不住，但，她知道自己羨慕她的笑容，像是心中一點煩惱也沒有。

「你週末做甚麼呢？」她隨口問。

「寫信啊！」文麗嬌憨的笑，壓低聲音：「回信給家鄉的男同學。」

「那宿舍裡的ABCDE怎麼辦？」她想起很多宿舍裡的男生派人來叫文麗。

「甚麼ABCDE嘛？誇張死了！」她一副不依的表情。「你呢？我看你呀，整天對著書本，一定沒有經驗。」

艾妮塔靜了一下，臉上陰晴不定。

「錯了！我已經有未婚夫了。」她忽然冒出一句。

「甚麼？」文麗停了手，睜大眼睛孤疑的望著她，然後格格的笑起來：「斥！開這種玩笑！」

「是真的！」艾妮塔沒有笑，也沒有喜悅。

「恭喜呀！」文麗相信了。「但，為甚麼這麼趕呢？你才大一呀！」

「心境老了。」艾妮塔自嘲的強笑一下。「我要讓自己死心。」

「呸呸！講得那麼悲！」文麗擺出少來的樣子，啐了她一口。

「你很樂觀哦！」被她這麼一弄，艾妮塔也「悲」不下去了。「沒辦法，我們根本在不一樣的世界長大！」

「甚麼不一樣？」文麗白她一眼。「咱還不是一雙眼睛，一個鼻子，一個嘴巴，爸媽生出來的？」

「你不明白。」艾妮塔黯然，走向自己的桌邊，不再說甚麼。

艾妮塔每個週末都出去，宿舍裡的人都津津樂道。

「嘿！人家有車子來載哦！」

「A，有人看過也！看樣子最少大她十五歲！難怪啦！那張臉整天板著，沒化妝簡直見不得人！」

「嘿！你看過那個老的嗎？」

「沒有啦！她那敢讓人看，每次一閃坐進車子，就立刻走了！」

「哈哈哈哈，改次要密切注意！」

文麗聽到大吃一驚，不敢想像艾妮塔知道會如何難堪。但，她的未婚夫真的那麼老嗎？為甚麼艾妮塔要做這樣的決定？每一個週末，艾妮塔塗上口紅出去時，文麗心中都摻雜一種很難解的感覺。

艾妮塔並不難看，只是臉上氣色不好，看來精神很差，加上她又很少笑容，所以沒幾個喜歡親近她。其實，她化起妝來就變了個人。那回迎新晚會，艾妮塔紅唇朱顏的樣子，不少男生打聽她。點上顏色的她極具現代美，臉部菱角分明，像《風中奇緣》的波卡公主。不過，就那麼驚鴻一瞥，第二天立刻打回原形，漸漸大家也忘了她的美麗。

或許她真的不太一樣。沒有友誼，她照樣好好生活，每天一貫勤快地六點半起身，洗衣抹地一回，吃畢早餐就步行去上課，傍晚才有機會休息。文麗曾經在路上看到艾妮塔走路的背影，垂著頭，不看前面，也不看左顧右，只有一雙腳不停的走，與前後周遭邊走邊笑的同學極不協調。

「艾妮塔，你很少出去玩哦？」文麗躺在床上，看著晚餐後立刻坐在書桌邊的艾妮塔隨口說。

「……我不是每個週末都出去嗎？」艾妮塔轉過頭，眼裡出現戒備。

「我的意思是，從沒見你和宿舍朋友出去看電影，吃宵夜……」

「我有很多功課要做……」艾妮塔有點辯護的口氣。

「我們唸一樣的東西，沒理由你會特別忙……」

「我沒你們聰明，沒努力不行呀！」她竟然有點氣急敗壞了。

「可是，我不覺得……」

「我絕對不可以輸給別人，所以，別人在玩的時候我要更努力！我只有這些了！你不明白！」艾妮塔忽然歇斯底里起來。

「咯咯咯！」敲門聲，文麗藉故去開門。是來叫她的。

「我出去了！子毅約我出去宵夜。」文麗有點逃避地匆匆走出房間。

……

艾妮塔坐在桌前，一題算術也沒做出來。

她默然起身，把全部的窗口關死，把門也上了鎖，撲到床上：「啊——！」她要發洩，……老半天，喉嚨酸楚，眼睛也澀得疼，下意識摸一摸眼睛，乾的……。

她翻個身又起來，從櫥裡拿出補酒，勺了一茶匙嚥下，看一看瓶肚上的價格，心中填補了份滿足感。

文麗近十二點才回房間。

「做了很多功課吧？」望了姿勢未變的艾妮塔。

「唔。」艾妮塔很專心的樣子。

「噢，好累，我先睡了！」文麗關掉另一邊的燈。

艾妮塔也堅持不住了，關掉燈爬上床。躺了最少二十分鐘，翻來覆去無法入睡，腦中老出現子毅用摩托車載文麗的樣子，兩個人同樣開懷的笑。然後，又出現麥可的臉，目不轉睛的看著自己，眼角明顯的魚尾紋，雙頰有點下垂，越來越近，越來越近，子毅和文麗的臉也越趨越前，三個人的臉漸漸交疊……

這三個月艾妮塔都沒回家。麥可每星期驅車來載她，去雲頂，福隆港，金馬侖，浮羅交怡島……

「唉，又花了千多元。」艾妮塔對著文麗歎氣。「他已經在我身上花了太多錢了——」

文麗看著她，不說甚麼。

「哈，我騙他宿舍裡有人追我，他怕得要死，吵著要訂婚。」艾妮塔難得地笑。

「不是已經訂了？」文麗越來越覺得艾妮塔像個謎。

「沒有……只是我已經把他當未婚夫了。」她又低下頭。

「你怎麼打算？」文麗無端端有點悲哀。

「下個星期就訂婚。」艾妮塔像是在講一件生活瑣事似的。

文麗卻發了楞，半響不作聲，氣氛瞬間凝固……。

艾妮塔臉上並無歡顏。走到窗口，外頭高速公路上一輛輛車狂飆而過。「你知道，男人四十多歲了，需要的是甚麼？……他要求很久了……反正我遲早也是他的人……。」

「真的決定了？」文麗注視著她的背影，心中有絲不忍。

忽然，艾妮塔全身洩了氣的踉踉蹌蹌倒在床上：「我不能啦！不能啦！我要讓自己死心，不准妄想……我……我不能專心唸書啊！」

「甚麼死了心？」文麗驚覺冷漠的外表下包的是一顆壓抑的心，不禁要探詢。「你這麼年輕，大把機會呀！大學裡這麼多男生，你何必跟那麼一個……」

「他並不老。」艾妮塔搶先說。「我……我……唉，沒有人敢要我的，誰一聽我的背景就會嚇跑了！……我媽，我媽隨時要送醫院，一次至少幾千元，我阿姨，不是離婚就是被拋棄，以後誰養她們？我從小沒見過爸爸，媽媽就是在太傷心的時候上癮的，上了幾次戒毒所都沒用，隨時有生命的危險，在等死！我……我哪來的錢念書啊？」

「啊……！」艾妮塔發出困獸似的聲音。

文麗目瞪口呆，半信半疑，……多麼像電影或小說的情節呀！

「……我要的是實際，可以握在手上的東西！」艾妮塔聲音已恢復平時的冷硬。「最重要的是，他可以接受我。」

「……你家人答應？」文麗囁嚅的提出心中的疑惑。

艾妮塔竟然嘲諷的笑了：「家人？畢業後才告訴他們。」

「那，恭喜啦！」文麗賀著喜，眼中卻沒有一貫的笑意，年輕的眸子盛裝著似是惋惜的神情。

「謝謝！」艾妮塔像借用文麗的釘書機後一般的道謝。

❖ ❖ ❖

「你可以自己回來嗎？」麥可的聲音裡透露倦怠。「一連幾個週末駕長途的車，我累了。」

「……哦？」她有點意外。「……還訂不訂婚呢？」

「回來再說吧！反正只是買個戒指。」麥可也許真的累了，有點心浮氣躁。「我已不是第一次了。最多把小麗小文接回來見見新媽媽。」

「新媽媽？」艾妮塔想起他錢包裡十六歲少女的相片，打了個顫。

「到車站再打電話吧！白天手提電話的收費貴！」麥可逕自掛上電話。

坐在巴士上，她心中空蕩蕩，想起小時候，一個人玩泥沙，把沙粒從一個玻璃瓶倒進另一個玻璃瓶，沒有時間的概念，也沒有特定的目標……

「嗨！小姬，是你呀？」隔壁前座一個女孩高興地喊起來，艾妮塔嚇了一跳，，定睛一看，是阿蛋嫂的女兒，秀君，聽說也在本地大學唸書，竟然同車回鄉。

「叫我艾妮塔。」不知為何，她覺得刺耳，衝口而出。

「新改的洋名哪？」秀君不在意的笑。

艾妮塔點點頭，似不欲多談。

「休息站！休息站！只停二十分鐘！」司機忽然喊，艾妮塔驚覺已是最後一站，天色漸漸沉下來了。

「唉，我要下去！小……哎……艾妮塔，你呢？」秀君熱情的招呼。

「不需要。」她不假思索就回絕了。

陽光慢慢消失，……白鴿呢？……在遠方的燈柱附近飛來飛去，白色的翅膀在暮靄中格外搶眼，……白色的，艾妮塔聯想到旅行袋中麥可吩咐自己買好的白色蕾絲睡裙。

忽然好想下車走走透氣。

正欲站起來，秀君蹦蹦跳跳上車，見她站著，笑道：「來不及了，司機要開車了。」T恤上的史諾比也咧著嘴朝她笑。史諾比也穿著小背心，背心上寫著「青春」兩個字。這種卡通T恤艾妮塔不曾穿過，此刻她覺得秀君穿著挺可愛的，不禁看得入神。

「隆隆……」巴士龍鍾地又開動了，艾妮塔只好坐下，……天邊的白鴿逐漸只看到一抹白點……。

巴士終於停下來，乘客紛紛取了行李魚貫下車。……艾妮塔今天沒有衝下去，她還坐在位子上，只是，竟然把頭埋在膝上的旅行袋裡，……肩膀劇烈的抽搐著……盡情的抽搐著……。

漸漸消失的長屋

太陽每天升起又落下，我的眼已經停止流淚，我的心也很久沒有在半夜痛醒，只感覺胸口留下一道痂，沒人看見，只有我知道，它安靜潛蜷，像隻暫時被馴化的血色蜈蚣。我常常試圖忘記，可是，記憶和小時候拉讓江畔的河水一樣神秘，白日消退……夜裡又隨風迅速漲潮。每當它攀上心頭，我整個人就會一陣痙攣而顫抖，那個瘦小甜黑的人兒，怯怯地站著，眼眸那麼原始天真，直直望進我的深處，毫無防範的明亮，卻隱隱有種莫名的恐懼藏匿黑色瞳孔。

那一切令我痛苦和羞恥。可是我學了字，我覺得我應該試試，幫她把這些寫下，讓世人瞭解，事情不是他們想的那樣。我如果不幫她，這世界上大概沒有人可以幫她了。

「西娜！西娜！輪到我了啦！」她一邊笑嚷追著西娜，一邊拉扯腰上因奔跑而鬆弛滑落的灩紅紗籠，脖子掛著伊奈親手串的七彩珠鏈，像一道彩虹貼在陽光充沛的皮膚上……

真是的！西娜怎麼不理人！一向愛捉弄我的阿迪也不纏我了，儘跟著西娜往塑膠圈圈繩鑽！以往阿迪是最黏我的，有事沒事，那雙烏亮烏亮，瞳仁燃著小火焰的眼睛像長在我身上，趁我不留意，伸手捏一捏我鼻尖，或摸一把我的臉，也不管自己手指頭髒兮兮、濕瘩瘩，泥沙汗酸地讓人半親切半噁心。

「阿迪！我在這裡！」我搖晃我的手想引他注意，這才發現，不但我的手力不從心，我甚至聽不見自己的聲音。我心一慌，眼淚不由流了出來，冷冷觸及我的臉頰……

濕冷的淚水使我睜開眼睛。四週沒有西娜、沒有阿迪、更沒有跳繩的玩伴，我聽不見風淅咧咧拂過亞答葉，也嗅不到熟悉的亞答葉青澀氣味；總是一大束一大束從天空撒在草蓆上，把一切照亮、照暖的天光不見蹤影，怎麼看都只是一整片密不透風的漆黑。那麼陌生、讓人不安的黑……剛纔看到的家中情景怎那麼真實？難道是自己從小弄不明白到底怎麼一回事的「夢」，看得見卻摸不到的「夢」……只能看而不能擁有的一切就是「夢」嗎……

「麗莎，擦完了嗎？」門忽然被推開。是小孩子的媽媽，穿著漂亮的純白長褲和黃色T-shirt。我怔了怔，下意識看手中的布一眼，想起我本來應該在擦傢具，不禁害怕起來。

「麗莎！妳在做甚麼？」太太提高聲量。

我垂下頭，一句話也答不出。耳朵卻被拉得更細更尖，惶恐準備接受發落。

「唉……！」門砰地關上。我全身也軟下來。

我知道那嘆氣代表甚麼。

他們先看到姐姐，露出滿意的眼光。「不是瑪莎，她快結婚了。是她。」我被拉到那對年輕的華人夫婦面前。「只比瑪莎小三歲，別看她瘦瘦小小，可以提兩桶水呢。」既然阿拜誇下海口，我不得不點點頭，證明那是真的。雖然，我在那男人的眼鏡上看到自己瘦小的樣子，和一雙緊張的大眼睛。「唉！」女人嘆口氣，對男人搖搖頭。我立刻注意到阿拜和伊奈的臉黯淡下來，不禁著急起來，不覺走向那女人幾步，她卻別開臉不理我。

「可以啦！是瘦了些，但也十三歲了，總可以幫妳做些瑣事，再長胖一點就可以幹得動粗活了。」先生對太太說，同時也對阿拜點點頭，用的是我稍微猜得懂的馬來話。我知道我必須想辦法使自己長胖一點。

太太有點勉強地點頭，好像是同意了。

因為每月可以有一百元收入，阿拜伊奈非常高興，阿拜當晚打開一大瓶米酒，痛飲個清光。第二天一早，太陽剛剛升起，我挽著裝衣服的籐籃，赤腳走過又闊又長的廳廊，慢慢走下長屋的梯級。我走的時候，長屋兩旁的森林被霧遮住看不清，我的心好像也沾了霧，有點潮濕……我邊走邊回頭，伊奈圍著褐色紗籠站在木梯口，越來越模糊。阿拜還沒睡醒。

那是我第一次離開長屋，也是我第一次坐汽車。我想，如果不是因為這份工作，我大概也不會有機會坐在車子裡，看著我熟悉的村子、椰樹、香蕉樹、坐著舢舨的叔叔……迅速地從玻璃窗飛過，被拋在我後頭，變成一個個小黑點……消失了。陽光逐漸熾烈，車子已完全離開我所認得的風景，我忽然發現，車子兩邊被各種各樣形狀的車子包圍，一直發出令人心跳加速的「咘咘聲」，十分吵鬧，每隔一段路，就出現不同顏色的圓燈，所有的車子不知為何忽然停下來，忽然又移動，也許車子累了也需要休息吧。

大約過了贏一場跳繩的時間，先生的車子停在一棟米白磚屋前。這就是我工作的地方？好漂亮！可以為家裡賺錢，又可以住上等的房子，我快樂得想喊出來！是疼愛我的阿公在天空裡保祐我嗎？

「麗莎！」太太皺眉看著地磚，我好奇也往下看，潔白的地面竟上有幾個汙黑的腳印，我嚇得後退一步，又出現兩個腳印……是我的。太太丟了一塊布給我。真可惜，還這麼新的布，可惜不能用我的衣服與它掉換。

工作並不難，只是太太好像永遠不滿意，總要在我抹過的地方再抹一遍，真是奇怪。我想使她高興些，因為我不想失去這工作，我們一家都需要它。於是，我不管午睡時間越來越沉重的眼皮，拼命在浴室和客廳間走來走去，把每張柔軟的大椅子、櫥、桌子、門都用力擦拭，甚至沒注意到太太已經走開了。當我再見到她，太陽已快下山了，這是叔叔們從河裡田裡回長屋的時候，屋前的廳廊鬧哄哄地，我們小孩子就會在大人身邊追來逐去，此刻西娜和阿迪一定在玩吧，他們有發現我不在屋裡嗎？阿拜今天開工嗎？不知今天家裡有沒有蝦吃？還是賣完了，來不及剩一些我們自己吃？想到這裡，我才發現自己累了一下午，肚子早就餓扁了，還有點痛。

我聞到飯香，還聽到咀嚼食物的聲音。原來先生回來了。他們不像我們，全家跑去迎接，搜查阿拜竹簍裡裝有甚麼寶貝，一起歡天喜地圍坐草蓆上，在廳廊享受晚風，輕鬆地聊天，吃著阿拜一天的收穫，纏著阿拜講外頭有趣的事。

他們在密不透風的廚房用餐，在四面牆壁裡嚴肅地不說話。先生鎖緊眉頭，好像很煩惱的表情。太太忙著不停把肉和菜用兩根木條夾到小孩的盤子上，可是小孩子嘴巴裡的食物好像太滿了，他的臉脹得像一粒球，有時他甚至「嘔」一聲，把食物吐出來。多奇怪！

在長屋，一起吃晚餐是最快樂的時候了！我們一整天的努力，就等著晚上可以在一起，邊吃邊說著笑著，分享每個人這一天的生活，鄰居們就像家人一樣，興致一高就盤腿彈起沙貝琴，巴都叔叔的琴還裝了電子，彈起來聲音低低沉沉，有一點悲傷，像聽到有人在很遠的地方哭泣，但也像有人在心裡輕輕搔癢，很舒服，蘇莉亞嬸嬸聽著聽著就會站起來，擺動芭蕉葉似的柔軟雙手，在她水蛇般的腰際拂動，她的腳丫像最新鮮的蝦米翹起，隨著音樂的起落弓呀弓，喝過米酒的雙頰開始浮現飛霞，我每次看著看著，慢慢就覺得全身血管彷彿醉醺醺狂野竄流，我幻想我的身體變成蘇莉亞嬸嬸的身體，阿迪則在一旁像巴都叔叔一樣，手指靈活撥動沙貝琴弦，眼裡的火焰緊隨我身上扭舞的灩紅紗籠晃動……

「麗莎！！！」忽然有人在我耳朵大聲喊叫，我嚇得差點跳起來。甚麼時候我竟然睡著了。我掙扎著想站起來，腳卻軟綿綿不聽話。我發現自己感覺非常虛弱，肚子痛得我只能彎下腰。太太很生氣地看著我，眼神像結冰一樣冷。我低下頭，聽見自己的心撲通撲通地跳，我真怕太太也會聽到。「啪！」四週一片漆黑，太太把燈關了，離開放著我的籐籃的小房間。

後來我努力回想，這是在城裡華人家庭工作的第一天，還是每一天，我實在分不清了。到城裡工作後，我漸漸習慣不說話，後來，我好像很久很久都沒有再說話了，反正我說的話他們聽不懂，也不會想聽。我每天一醒來就開始擦地板、擦桌椅、擦窗門、擦一切可以擦的，除了指示我做事，沒有人理我，連小孩子都避開我。我不知道為甚麼。我唯一的遊戲就是回想長屋的生活，猜著每一天大家在做甚麼，吃甚麼，一起說了甚麼故事。這間米色大磚屋很漂亮，屋裡一切都很清潔、整齊，可是，我寧願回到腳板老磨到泥沙的長屋，四面透風，涼爽得快活。有時蜜蜂蝴蝶飛進來，我們追啊追就跑到野地河邊去，時間一滾太陽就下山了。

我常餓著肚子工作。太太總是不高興，嫌我做事不夠力氣，她的眼睛一瞪，我好似縮得更小了，恨不得可以找個地方躲起來。我努力吃很多白飯，希望可以長胖長壯一點。但澆了醬油的飯哪有伊奈燒的山地米香，還有酸酸甜甜的阿參，辛辣的巴拉煎蝦膏，我可以吃兩大碗啊！先生雖然也不和我說話，有時卻會買一包混了小蝦米的蕉葉飯，放在小房間裡的茶几上，或留些水果給我吃。有些時候，太太和先生都不高興，說話有點像在吵架，但我反正聽不懂，就悄悄進去我的小房間。我和長屋失去聯繫，這間屋子也不是我的家，我好像一下子變成沒有家的人，感覺心被吊在半空中……

很久很久以後的一天，先生開車帶我回長屋，並且交三百元傭金給阿拜伊奈。阿拜很高興，伊奈一直拉著我的手，說我變白變漂亮了。然後問我怎麼不愛說話了，是住了漂亮房子回來不慣嗎？我的好伊奈，怎麼會呢？我思念的長屋的風，吹得我的心鳥兒似快活飛翔啊！可是我的阿迪呢？茜娜呢？噢，阿迪已經是個男人了，正和巴都叔叔到山上打獵去。我離開不久，茜娜也被蘇莉亞嬸嬸送去城裡幫傭。

幾個月不見，阿拜和伊奈的頭髮好像染上一層灰，我覺得阿拜伊奈忽然老了，事實上，整座長屋好像忽然暗了下來。在我離開長屋後，一切都變了……。我的心似乎出現了一個洞，空空蕩蕩呀不踏實。

三天後我就再次離開長屋。那個晚上之後，我再也沒有夢見長屋了。

在回程路上，先生問我餓嗎，我點點頭。我們那天沒有回去大房子。

那一天，先生帶我去一間好漂亮的餐館，他叫來滿桌的魚肉、豬肉、五顏六色的菜，讓我儘量吃飽。我覺得自己變成了公主，先生是善良的國王啊。晚餐吃了很久，先生對我很親切，雖然我很驚訝他沒有送我回家，但我沒有問為甚麼。先生讓我坐著，靜靜地看著我，他的臉有一點哀傷，眼睛裡出現一盞小小的火焰，那是我熟悉的眼神，彷彿哪裡見過……對了，像阿迪的眼睛，想啊想我不覺有點昏眩。先生溫柔地用他的手觸摸我，那種感覺很奇怪，我的上半身在皮膚的觸感裡發抖，彷彿有電流進入我身體……我聽伊奈說過，長大後，如果有人愛妳，妳就全心全意對他，讓他快樂。我覺得先生很疼我，心裡下起一陣濕濕暖暖的小雨……

第二天中午，先生載我回大房子。我看到太太在門口，我想趕快下車開始工作，卻沒想到，太太忽然向我舉起棍子，我來不及明白發生甚麼事，頭部傳來尖銳的劇痛，棍子像暴雨一樣落在我身上。

後來的事我都不知道了。

我只知道，我在醫院躺了很久很久，時間好像停止了。

有一天，一個陌生人來接我離開醫院，把我帶到一間教會住下來。後來我才知道，那是一位牧師，在路邊看到全身瘀青，頭部流血、昏迷不醒的我，把我送去醫院養傷。

是的，很多年過去了。我在教會裡學了華文，那也是我負責照顧的牧師夫婦養子的母語……

我已經想不起先生的臉。我常常想起的，是一個瘦小甜黑的小女孩，挽著籐籃，赤腳從長屋走出來，瞳孔燃燒著小小的火焰。那時天未全亮，長屋兩旁的森林被白霧遮蔽，她的伊奈靠在木梯口看著她，身影越來越模糊。

哭泣的雨林

又是雨季。

天空一片蒼白，下著沒有表情的綿綿霪雨，把視線外的景色蒙上層層薄紗、幾許冷清。

畢竟是綠色的國度。

雲絮下，雨勢嘩啦啦的傾灌並未暈散大地的主色，反而因著洗滌，令茂密成叢的樹葉更加無所遁形，現出生命最純粹的原始，那麼沉鬱濃稠的墨綠，彷彿歇斯底里地把全世界的綠集中、煎煉、再於赤道驕陽最毒烈的一刻，瘋狂奮力潑撒出所有的綠漿，讓乾渴欲裂的土地貪婪迅速吞噬吸納，成其無法磨滅的印記，以致任憑風吹雨打，也消褪不了這連延不絕、坎坷起伏的顏色。

盤踞大地的綠，默默望著天空。

他凝視水中的自己，安靜的像要睡足千萬年，完全不為直射在臉上的日光和樹葉的晃動所干擾。

河口有幾塊突出的岩石，減緩了上游奔馳而下的急流，使這一段河水頓時婉約起來，細聲細氣地但輕移蓮步，似乎在躊躇徘徊，好讓故人有機會再次一親芳澤。

水中的他張成一個六尺的「大」，在倒映於水鏡的綠影中，隨著河潮的一迎一送，熟睡著，任由光影在皮膚上接踵路過，經水面波光粼粼，復消失。

陽光往西漸行漸遠，只留下深褐色覆蓋他、和幾處欲蓋彌彰、結了一半痂的傷口，張著嘴，說不出問路的句子。

夜幔木然的垂放下來，是回營地的時候了，可是……他苦笑，迷路了，而且，「自己」還昏迷不醒。

「苦啞……苦啞……」

朦朧的月光下，隱約看到一隻烏鴉啪啪啪飛到樹梢，在黑暗中屏息尋找獵物，兩隻眼珠發出閃閃綠光，像兩顆晶瑩的淚……

幾隻在交配的蟬旁若無人尖叫「吱！吱！吱！」，直至公蟬的體液流盡……夜真的深了，也寒了……他想起她的體熱，和柔滑的質感，還有她濕潤沁涼的河口，總是漲滿潮水迎接他，引渡他……。想到這裡，他記憶深處不禁疼痛而劇烈痙攣起來……

劇痛的感覺，天旋地轉，暈厥成一隻單腳獨舞的陀螺，把所有的悲歡聚散、雜陳五味消融在這種極致的感官記憶裡，如同陀螺上的紅橙黃綠藍靛紫，難以言喻地旋轉為一張失血青白的臉。

也是雨季。

清晨六點多，昨夜的靄雨初歇，木山的工作夥伴們陸陸續續被蟬鳴吵醒，金黃色的晨光早已刺透東面那一列喬木的隙縫，穿越欲走彌留的迷霧和欲滴未滴的葉露，打在用土黃色三夾板搭建的工人宿舍大門上。

「……你說過兩天來看我，一等就是一年多，三百六十五個日子不好過，你心裡根本沒有我……」

吱啁啁、吱啁啁……三隻燕子唰地停在屋腳的水槽邊，嘴裡仍不停嚷著，把台灣女歌手的情歌改編成自然樂；「我沒忘記你，你忘記我，啾啾，連名字你都說錯，啁啁吱啁啁……」

燕子在槽邊顧盼片刻，忽然振翅呼嚕一聲，鳥獸散而去。

門這時「咿呀」一聲打開，打著赤膊的身體出現在暖洋洋的光線裡。夜裡從毛孔滲曳，濕了又乾、乾了又濕的汗漬薄薄一層貼著皮膚，被照耀得似又蠢蠢欲動。

這樣的早晨，就像任何一個適合開工的日子。

「喂！雨停了！幹吧！」他朝屋內喊。

幾具同樣赤裸結實的身體應聲而來，在門口晃了一下，又往屋內走去。

「兄弟們！起來起來！別睡了！幹活啦！賺錢要緊！趁天氣好，多做些，月底回家再抱老婆睡回本啦！」

「啊！回去就要付首期了！媽的！一幢排屋，血汗都不見了！」女朋友堅持買了屋子才肯結婚的小剛怪叫。

「撐著點，愛拼才會贏啊！說不定老闆一樂年底就多派點花紅！」他望著才來三個月的小剛，從一個清乾白淨的文弱模樣曬成黝黑古銅色的銅雕。

「希望啦！賺幾年就改行！我女朋友不喜歡我在這裡混一輩子。」小剛搔搔頭說。

「噓！」幾個頭轉過來，恐懼和喝止的眼神，空氣瞬間靜了一下。

「……準備好吧！車要走了。」打開櫃子，取出十多罐菜心、沙丁魚，套上沾染黃漬的背心，他逕往吉普車走去。

木山的時間只分勞動和休息兩種，所有的軀體皆由陽光發號司令，光一打起，各就各位，化身生產機器的一部份。

只有每個月的最後幾天，收拾簡單行囊，穿上一套乾淨衣服，一路顛顛簸簸到江畔，登上快艇後，看著浪花飛濺的窗口一格一格地把兩岸守衛似的紅樹林留給大地，而他自己則一步步趨近家門，在重見妻子和兩個三、五歲的孩子那一刻，還原為一個男人、一個父親。

她總是體貼地早早哄孩子入睡，再進浴室為他放洗澡水、擦背、輕輕揉按他長期與木桐較力而倔強地隆起的肩臂。他銅色的肌膚在她的纖指所經之處一吋吋恢復了柔軟，而易感起來。

潺潺流動的水聲中，河床迅速漲潮。

小剛第一天開工，天真地往比拉逸樹的一面樹軸一靠，兩邊手一字伸開，頭仰天，驚嘆：「天啊！我能活這麼久嗎？」遠遠望去，小剛倒似嵌進樹幹的一撮人形黃土，顯得那麼渺小，依附在比他寬了一公尺有餘的樹心上。

「一二三四……十五、十六、十七……二十三、二十四……媽媽呀，這傢夥至少活了四十年啦！」小剛吐了吐舌頭，一副佩服得五體投地的樣子，瞪著一圈圈漾開的年輪。

漲潮是木桐下水最好的時機。

一長段又一長段被俘虜的巨木，在河邊剝除那一層曬了幾萬個日子豔陽的外衣，露出嬰兒般的肉身。

起重機的怪手就緒，「嘿喝！」一聲，從無到有，自泥濘中冒芽、抽拔、逆地心引力而生長的一棵棵比拉逸大樹應聲滾落水中，嘩啦啦激起丈高的浪頭。

偌大的龐碩木桐竟然就像一個無依的孤兒，茫然漂浮在河道上……

「哇塞 ！多壯觀！」小剛望著陽光下去掉樹皮後的樹身，入水後乍看有點嫩紅的白皙，而末節被電鋸砍傷的部分滯留一抹褐紅，竟令人有點不敢逼視。

小剛喜歡水，常常在收工前水蛇似地鑽入河水中泅泳一番，把自己洗個清爽才肯起來。

在那個再普通不過的早晨，小剛忘了收拾他的小旅行袋就走了。

是他的母親和女朋友來幫他收拾的。小剛原來沒有父親。他的母親，滿頭淩亂的白髮、眼睛紅腫得像兩個深陷的傷口。那個等小剛付清屋期的女朋友，腹部有些臃腫，人卻像脫線的風箏，遊魂似懸在門口，盯著工人宿舍前籠罩的墨綠。

離宿舍一小時車程外的地方，墨綠的視野之內，日正當空，再下兩段木桐就可以開罐頭吃中飯了。

「等等！」小剛忽然發神經地喊。「這段樹皮剝得不乾淨。」邊說邊已仆咚跳下去。

「小剛！你幹甚麼？上來！」他聽到自己微微發抖的聲音。「停！後面把機器停一停！！」

「轟！」

一灘火紅迅速從木桐的下體燒開……水聲咕噥一陣兒，一個人形在木桐身側浮了上來，與一排木桐並躺，朝上，兩眼驚惶地和烈日對望，嘴巴大大張咧，彷彿還等著嚥下一大口飯。

小剛沒有拿到年終花紅，連保險賠償也差點拿不到。是他看不過眼，帶著小剛的三個親人去找經理，說好說歹是一條命呀，結果總算一個月可領一千元賠償費。

小剛沒買成房子，也沒娶親。

他的眼睛始終睜得老大，彷彿還在懷疑，開玩笑，怎麼可能。水腫的肉身令他胖了一圈，嬰兒似的無辜。

「……證明你一切都是在騙我，看今天你怎麼說。你說過兩天來看我……」收音機仍不知情地唱著。

實在是聚少離多，以致感覺和她依然新婚。

那年都才二十三歲，他初入木山，日子有點苦悶，在報章上的徵友欄看到她的名字，最妙的是她自稱是個愛哭的女生。所以他一開始就極小心的哄她，生怕她掉淚。每一個月下山見面，他都細心買一個信物，一盆花、一隻泰迪熊……半年後他們就結婚了。

她很快就懷孕，他也更賣力工作了。為了加薪，把整個家養好一點，他甚至常常主動縮減假期。六年加起來，他和她在一起不滿一年。

生了二個小孩，她的身體依然羞澀，在他粗糙宛如樹皮的手掌下微微顫抖，像流水的淡淡漣漪，一波又一波輕送。他心頭巨震，但覺渾身滾燙、口渴喉乾，看著她凝脂般的肌膚，他不禁有點自卑，深怕把她磨破燙傷了……

「你這次回來幾天呢？」她低著頭，像講給自己聽。

「三天就走。」他也垂首，猶豫了一下，終於還是說了，雖然不願她擔心。「人手不夠，走了一個。」

她在他懷裡變得僵硬。掙脫，別開臉。

「換工作好嗎？我怕……這幾年我心裡都不踏實……」

「噓！」他堵住她的嘴。「別亂想，我一向都很小心，而且，經理答應下個月調我到山區，再也不用怕水路激流的危險了。」小剛出事之前不及一年，整艘船在激流中翻了，幾具身體一星期後才在下游找到。

她把他復摟緊，低低吟哦著不知甚麼，像夜裡莫名的嘆息，任風吹送著。

「我累了……我回來妳這裡休息……」他依戀地把頭枕在長長的髮梢裡，輕輕舔著她的耳瓣。

她心一酸，把他拉向自己。

「休息吧！」她撫著他後腦粗咧咧的髮腳，下身觸覺到他，便用雙腿環住他。

他感到叢林裡有河水溢出，奮力迎上，一股沁涼頓時從深處漫延到四肢，無比舒暢，片時，他已隨著河流的韻律節奏洶湧，像堅實、飄浮的喬木，不再憑恃自己的掙扎，但攤開自己，接受水的撫慰和滋潤……

但這一回，為何在水中的感覺竟是割裂的疼痛，像小時候，到後院那片樹林裡玩捉迷藏，不小心踩到尖銳的樹枝，小玩伴們皆慌得一哄而散，他就一個人，一拐一拐地淌著一路的血走回家，家裡沒錢買消毒藥水或藥膏，媽媽就每天讓他泡鹽水，然後用一束揉皺的紙團點個火把烘焙他的傷口。

腳掌被刺透的錐心之痛依然鮮明，且隨著鹽水的撫摸一陣陣徹骨襲來，他眼前一黑……黑的視野令他被一種恐怖的氣氛牖動，心裡不祥的陰影越靠越近……

「咦！阿k還未回來嗎？」吃晚飯的時候，他看到對面的空位子。

大家面面相覷，不敢作聲。

「……可能去解手時，車子就開回來，也沒留意……」有人解釋，明顯地無法控制嗓音裡的忐忑。

他驀然站起來，口袋裡的鑰匙鏗鏘作響。

「老大，你去那裡？」幾個人不約而同地。

他嘆口氣。這些人，怎麼想的。

「我是工頭，有責任去巡一圈把人帶回來。」

……他何嘗不猶豫，深夜本來就是木山的禁忌。但，將心比心，一條命哪。

他坐在吉普車的駕駛位上，開著低燈，維持五十公里的時速，一邊眼觀四方，……阿k……他家裡也有幾口嗷嗷待哺的小嘴呀……

這一段山路才開闢幾個月，經理說已轉達工人要求建圍欄的要求，唉，他不覺又嘆口氣，想起老闆家七尺高的外牆，那個兄弟們一年一度去排隊朝聖領紅包的地方……

左邊的樹林一陣嘩然，似不歡迎車子夜裡又來騷擾他們，他心中無端端有絲發毛，右邊是一望無際的空曠，他只能盯著前面的路，走一步是一步……

多麼熟悉的徬徨，又回到他心裡。

五歲，天還未亮，他迷迷糊糊中被搖醒，不由自主地被褪下睡衣，拉拉扯扯間換上了棗色海軍領白襯衫，以及棗色小短褲。

「今天開始，要學讀書囉。」媽媽俯下身，在他耳際說。

「讀書」是甚麼？媽媽只說讀了會成為有用的人。甚麼叫有用的人，媽媽沒說。

他一直不知道人為甚麼要讀書，沒人告訴他。他也不敢問。

只曉得每天都必須起個大早，穿上和別人一樣的衣服，坐在固定的房間、固定的座位、做固定的事。

為甚麼？他沒想過，只知道去學校才不會被罵，做功課才不會被打。

過一天，是一天。他也不明白自己要去那裡，迷路了。

從來也不清楚路線呀！媽媽不識字，不能指點他。

他沒有爸爸。媽媽說有些人是從木頭冒出來的，像濕樹頭上的野菇，自己生出來的。

牆上的黑白頭像是誰啊？

媽媽沒有回答，只說，天下雨了。

國中會考，他失敗了。看著成績佈告榜上的紅字，他腦海一片空白，呆望著「國文：F」。

不能升學，就找工作吧。

怎麼找？連最起碼的申請信也不知如何寫啊。沒有人用華文寫申請信，就如國文不及格便無法升學。

就找份粗工吧。

一個月五百元。

早餐、工作、午餐、工作、晚餐、休息、早餐……打著同樣大小弧度的鍋子、吱唔……吱唔……在刺耳的鑽洞聲和飛濺的火花中，他活了五年……

他翻著銀行存摺，一萬五千四百三十二元。屈指一算，一幢房子十五萬元，七十多歲才買得到。他能活得那麼久嗎？不知道。

一星期後，他去見了木山經理。

「一個月薪水五千，做滿兩年加薪，沒有問題的話在這兒簽字。」經理指著空格，金錶閃呀閃發光。

他簽下姓名，蓋章。

「知道哦，若有事發生，公司有幫你投保，其他概不負責。」經理例行公事地隨意補充一句。

會有甚麼事呢？他下意識蹙眉。

「要不然你一個國中畢業生，憑甚麼領這份薪水呀？」經理咧嘴微笑。

小剛離開後，他陪著小剛的媽和女朋友去見經理時，經理又綻開同樣的笑容。

「一定一定！這就幫妳們聯絡保險公司。」

恍恍惚惚間，她的身影站在經理面前，只是，他怎麼也看不清她的臉……

「……」他想喊她，卻聽不到自己的聲音，雖然，他嘗試把喉嚨大力擴張，但覺眼前一片昏黑。

只聽到山谷從四面八方迴應他，彈回無數個他喊不出的「啊……」。

他緩緩醒轉，知道自己又迷路了。

他想站起來，可全身癱瘓在水漬上，如剝光皮的木桐，隨意橫躺在河邊。

天空不知何時開始滴滴吖吖下起雨，滴滴吖吖滴滴吖吖劈哩啪啦劈哩啪啦

嘩啦啦啦啦……

他感到自己全身都濕透了。冰冷的雨水竄進他身上炙痛的爆裂處，直遁入他的心裡，輾轉又從眼眶流出……

水，不停地循環，從他的底部進駐，洗滌身上每一吋，表皮、毛細孔、內臟……再經眼睛釋放……直至紅色的腥銹味逐漸被濾清，只剩一絡淺淺的血絲在水流中掙扎……瞅著綠色的倒影一眨一眨……

吉普車瘋了，他想。

他已經十分小心了，輪子是怎麼不聽使喚地向右傾斜……他完全感受不到地面支撐的力量，山脈累了，肩膀垮了……吉普車向懸崖的邊緣衝去……而他，變成了一棵向地心引力妥協的木桐，失去男人、兒子、父親的身份……

今天不用開工啦，雨下個不停，下個不停，河水又漲潮了……等雨停，可以把木桐運到下游，賣個好價錢，年底就有花紅啦……

過幾天，又是月底……

「你說過兩天來看我，一等就是一年多，三百六十五個日子不好過……」

他輕輕闔上眼睛，累了，好想休息……

雨越下越大、越下越大……他看到自己逐漸被送往河床，嘴巴仍好奇地咧開。

雨繼續下，打在樹叢上，順著葉瓣撲簌簌……延著樹莖流到根部……

雨林，也越來越沉鬱了……

輕

「五十公斤的鐵釘和五萬公克的棉花，那一樣比較重？」

這是中學時常遇到的考題，我總是愣了一下，心想「又是你，你想怎樣？」

當然我根據事實寫下了正確的答案。

但鐵釘在我心目中還是重的，棉花也仍是輕的，說不上的感覺。

「在真空之中，五十公斤的鐵釘和五萬公斤的棉花，那一樣比較重？」有時出現這個版本，帶著一絲試探和揶揄。

我卻莫名地發起愁來。

打從出生，我們就不停地賣力累積重量，尋求更穩固的定點，因為誰都知道，沒有人可以活在真空狀態。不知從記憶的哪一個階段開始，「輕」早成了最難負荷、擁有的重量，教我們無所適從。

我看過太空人在真空的太空艙裡生活的記錄片：所有羽量級、重量級的身軀像一群失焦的魚，在摸不著向心力的空間裡笨拙而滑稽地抓划，努力捕捉一支牙膏筒，抓著了，再吃力地將泥狀食物擠出，塞入口腔，一張張成人的臉遂露出單純而滿足的笑容。那樣的生命狀態，勾起我藏匿在年歲的深處、一種叫做記憶的纖體裡的一絲甚麼。

我記得在不知名的記憶角落，我彷彿曾像一顆沉甸甸的錘子，為著自己莫可奈何地膠著於區區一方小天地而焦躁不耐起來。

回想起來，任誰都要驚嘆自己早慧的創造力和勇氣，那簡直是使無變為有，驅逼生命向長征邁進的一股銳氣。我們都曾不顧一切地扭動一邊的臀部，不懼恥笑、顛顛簸簸追求移動的可能，於是，當我們以狀似柔若無骨的造型艱苦費勁地蠕動，拼命挪向可望不可及的位置，那些行走的人們則曖昧地大笑起來。

生命中初次用雙腳站了起來的經驗，應該是刻骨銘心的吧。雖然雙腳哆哆嗦嗦抖個不停，對自己在倒下之前尚可支撐多久毫無把握，然而，可笑的身體上卻是一張最有尊嚴的臉，驕傲自豪的表情令人捧腹不已，尤其，那雙眼睛煥發出又驚又喜的神采，足以把全世界的不可能化為可能，彷彿一旦有了這一趟拿捏輕重的經驗，就永遠不會忘記。

當我第一天上學，雙腳套上馬鞍般堅硬的暗紅皮鞋，咯咯咯走在沙石路上，從此開始擁有固定而必須行走的道路。

起初，我總是一板一眼監督著自己的腳丫，垂首乖巧地一步一步向前走，小小的身影怯生生打那條通往學校的小路經過，直至我的西瓜皮小腦袋影子越過校門打在地上的條紋光影。

漸漸我學習跑起步來，享受變速的暢快，我甚至嘗試攀爬上樹，以九十度的垂直為腳掌使力的介面。我還愛躲在樹縫間，忽地以腳面倒掛樹幹上，兩手往嘴邊捲成傳聲筒：「噢唷噢，泰山在此！」然後雙腳一使力，炫了一招空中翻轉，復坐回樹幹上甩著無所事事的雙腿。

可打從甚麼時候開始，行動竟然又回歸非本能的範疇，我不禁疑惑。那由於掌握了活動而帶來的喜悅和新鮮感，那腳掌敲擊地面的有勁節奏，究竟是何時離我而去的？

曾經，真的，曾經，我只是單純地活在一系列的發現之旅裡，我和玩伴們在其間測試自身的存在，盡力地把自己伸張、綻放，每天都搜尋新的收穫和突破，所謂時間，只在母親喊著「吃飯了！」的召喚中，敲鐘似地過場一下。

那時流行的一齣連續劇「太極張三豐」，主題曲中有這麼一句：

「誰能力抗勁風

為何樑木折腰

柳絮卻可輕卸掉」

大人們都以為說的僅僅是太極，而且也僅是說說而已。

我卻知道那是真的，那是一種關乎輕重的奧秘，掩埋在歲月的河床裡。

在那兒，我們擁有一種與生俱來的本能，認識且熟悉時間與空間的柔韌和彈性。那是一種屬於語言範圍以外的狀態，只能感受，不可言傳，如同走鋼索的人，我們只能欣賞、感動於他精準的平衡之美，卻不能問他是如何遊走在那最巧妙的觸點上。

其實，每一個人年幼時都是特技員出身，只是大家不知何時都馴化、鈍化，一身絕活不知不覺間荒廢了也不以為意。

在那被遺忘的時空裡，我們的一舉一動在在皆為激起無數心驚膽顫，雞飛狗跳的壯舉。且看，上一分鐘我們還在地上玩跳房子、把城門的遊戲，下一分鐘我們已不耐於安逸，自行將難度升級，把場景搬到五呎高的洋灰池上，在四吋寬的池沿間疾走、追趕著彼此，在無路可退的死角岌岌可危之際，發出勢可復甦心肌的尖叫聲——，母親往往蒼白著臉衝出來欲叫救護車，我們即象徵式靜默一分鐘……待她走遠，便發出野獸般的歡叫聲，犒賞自己的高水準演出。

那是一個豪氣萬千的時代，那更是一個嘉年華盛典。

長大後自以為成熟的人們太寂寞，因為英雄都還俗了，也許，過度的期待教英雄感覺太沉重，又或者，欠缺真心的喝采讓英雄活得太空虛，這真令人深深懷念起那個久遠的俠義小王國……。

在我們那一個玉米田邊的小社區裡，查理是我們共同的英雄。

查理並非來自顯赫的家庭，這點即便是我們這些最不以貌取人的眼睛也分辨得出來……查理結實而優美地翹起的小屁股，常常大方地敞開一小洞眼，讓我們又好玩又噁心地伸指一扎，瘋顛顛地笑成一團。

查理常常在吃飯時間流連於不同玩伴的家，父母們都會喊他吃飯，因為大家都知道查理沒有爸爸，是個外國人的孩子。查理的媽媽是個美麗、蓄著一頭烏黑長髮的年輕女人，可惜命不怎麼好，丈夫回一趟故鄉就跟別的女人跑了，一個人養孩子，沒甚麼時間看管查理，所以查理功課老趕不上，整天野孩子般動個不停。

大家都這麼傳的。

但這些消息對我們而言一點也不重要。我們當中，任何人只要有一項獨特的一技之長，就可以在我們無私的歡呼聲中成為快樂英雄。

查理是我們一群玩伴裡最藝高膽大的一位。只要查理一來，我們就排成一列極有默契的隊伍，浩浩蕩蕩、爭先恐後跑上二樓的陽台，極熟練的體操選手般登上欄杆，一昂首、一縱身，一聲聲高亢的「我來了！」一朵朵白蓮似的人形降落傘紛紛接踵進入空中、笑鬧、漾開、徜徉、忘神在這種挑逗地心引力的遊戲裡……當然我們沒有忘記在降落地面的一瞬間屈膝、伏身、讓一雙粉嫩的赤足穩健著陸、直起身、挺胸、露出燦爛的笑容。

我們一直都與地心引力維持著相互調侃而愉快的關係，因此，那個傍晚，當我正悠閒地躺在樓梯旁的斜欄上，欣賞飛鳥穿梭出入紅橙色的晚霞之際，隔壁忽地傳出一聲長長劃破空氣的慘叫聲，我不禁嚇得呆住了。

我們都不明白阿蘭姨是怎麼摔斷腿的。聽母親說，財連叔愛上別人，要與阿蘭姨離婚，阿蘭姨便跳樓自殺。那慘叫聲是財連叔發出的，當阿蘭姨還在半空中。

阿蘭姨沒有死成，卻摔斷了腿。我們看著哭哭啼啼但眼淚不多的阿蘭姨被抬上救護車，想不透她是因為太重而摔斷腿，還是因為太輕而自殺不遂。

降落傘的遊戲依然斷斷續續進行著，當大人不在的時候。因為我們意識到，只可以在小孩子的公共時空裡進行我們共同信仰的特技，否則，只要有人大驚小怪地慘叫一聲，我們便得一個個失靈地摔斷腿子。

的確有人摔斷腿子；在姐姐十三歲那一年。

那時我們都喜歡在樹上看書。

不是坐在粗壯的主幹上看。我們都知道，最舒服的位置是那種仍嫩綠，枝椏內部猶流動著葉綠素和水份的樹梢，坐在上面韌度十足，隨著風勢盪呀盪呀……．有時刮起一陣旋轉式的強風，只要大腿使勁一彈，就可擺脫技椏，如剝落的蒲公英種子，飛身追逐在空中翻滾著無數個360°週轉，表演不下百次的滿分美姿、臉不紅、氣不喘的樹葉……。

依偎於樹的高度，順著視線望出去，天空之無涯，使我相信，我是與宇宙相連的，而斜視俯瞰，地平線的無限延伸，也讓我心篤定，知道海洋是可以抵達的，一如許多不可預估的未知。

但這一切卻在沒有預告的情況下被喊了「卡」。

姐姐竟然在上國中前的那個暑假從樹上摔下來。姐姐可是爬樹高手呀！

我永遠記得那幾個令人嘩然、繼而黯然神傷的畫面。姐姐說，看，中間那棵樹上的紅毛丹熟透了，豈不是等我去採嗎？姐姐話還懸在空氣中，矯身一抓，人已攀在樹技的末端。

「囡囡，幫我接住這串！」姐姐一串風鈴似的笑聲向我招呼，我抬頭一望，見整團艷紅墜下，直朝地面投降。

「噗！」一串飽滿、溢出蜜汁的紅毛丹撲散在草地上，緊接著另一重物以迅雷不及掩耳的速度墜落在紅毛丹旁邊。

姐姐被送進醫院時，鼻血流個不停，上洗手間也發現小解全是觸目驚心的銹紅色，結果在四面白牆的醫院躺了一個月。

我們都覺得不可思議，怎麼會，我們熟悉樹的每一節枝幹，就像熟悉自己的四肢呀。

姐姐說，不知為甚麼，突然心中一虛，手腳忽地冰冷僵硬起來，就懷疑樹枝太細了，究竟可不可能承載自己的重量，這念頭才一冒起，樹枝立刻咯嚓應聲而斷，彷彿下逐客令。

從此，再沒有人敢坐在樹梢末端，把重量交託，去感受在空中的輕盈。雖說這是因為母親在姐姐受傷後下了道爬樹禁令，但我們自知，我們也都不敢再面對自身的重量，而那很久很久以前，曾經容許我自由闖盪於空間和時間隙縫的奧秘，早就離我遠去了。

我永遠無法想像，如果既有的行走能力被吊銷，我是否有勇氣重新回到那原始的起點，再一次哆哆嗦嗦嘗試掙脫地心引力的羈跸，把輕與重的概念置之度外，以純粹的認知與想望揣摩平衡的愉悅。

一包鐵釘和一袋棉花，哪一樣比較重？

在地面上還是在真空中？

囤積了五十公斤的身軀，躺在四面鋼骨水泥牆中，隨著眼皮漸漸沉重，我漸漸發現，有時候我是一枚鐵釘，有時候，我也可以選擇做一團輕鬆地在空中翻筋斗的棉絮……

臉

需要橫跨多少眼裡的世紀，方能追溯我臉容記憶史的原點，我無從拼貼。長久處於想像和真實的落差之間，使我對回憶、揣想歲月過去的臉，及未來變臉的可能，有著太多的不安。這種忐忑的心情，應該是從謬誤橫生的解讀經驗裡堆砌起來的。

不知從甚麼時候開始，我半自願半一窩蜂地，接受了這種說法——我全身上下前後左右加起來，唯有濃密黑髮以下見天日的一塊皮膚，那「有兩道相對而言生長效率遠較頭頂緩慢的毛髮、下面巧妙鑲著兩顆晶瑩不脫深邃的渾圓球體、中部隆起的山丘地帶，護衛兩個小風洞、而下襬兩片水紅溫潤區，選擇性地張合」的局部的我，取名「臉」。這個部份容光煥發，其他部分便也跟著高興，它若稍不體面，整體的我就因沒有面子而抬不起頭。即便如此，我的「臉」外接式的構造，那兩朵喇叭狀的軟骨肉片，依然不識時務地把周遭的、空氣裡的訊息密告給我。於是，我領悟到，如何與這部份集影像、氣息、味道、聲音於一體的我相處，已成為我一生偶然兼必然的宿命。

交往的第一步，自然是正視它。我無從選擇地，和鏡子結下不解之緣。這其間當然不無困擾。別人總會把我這種真誠的行為解讀為女性必然的水仙情結，或作為對男性崇拜的準備步驟。他們不瞭解它代表的嚴肅性，也不明白我的焦慮，雖然他們經常以我身體的那一局部為我的代表，並以此為理解我的最高依歸。我因此越來越清楚，認識我的臉每一組成地帶，以及分析它們可能釋放的指涉意涵，對我實在事關重大。

注視它，我廿四小時披掛的臉，成為我每一天必備的功課。最有趣的莫過於那兩顆無限深遠，望不到底，似可引發無數聯想的水晶球。我曾人云亦云地以為它總是外白內黑，以至當我和它四目交投、互不讓步的那次接觸中，看到它好奇、倔強、微微還有一絲驚慄的神色裡，竟然盪漾一波波啡色的光圈時，不禁呆了半響，而它也像受驚小貓般瞪視我，彷彿要把我生吞熟記。在這種混雜著柔情和獸性的僵持中，我假裝不經意地引退。

我臉上的山丘，根據我的視覺和聽覺打的小報告，不是太受認同的那種，原因在於它不夠英挺，尤其，側看頗像尾巴朝天的小辣椒，況且那兩個風洞也不符合隱密的標準。至於，是否世上多數的山丘都英挺，風洞皆密而不渲，以致成其時尚，則未有統計數字向我輸入，但是，至少麥可傑克遜就比較推崇這種山丘。

風洞之下的水紅地段，沉靜得像個處子，可我知道它儼然是慾望的把關者，一開一合之間攸關天機，成為我肉身和思想存在的重量級證人。由於它如此舉足輕重的地位，即便不發一語，也發揮巨大影響力，譬如，它撇一撇，就可能得罪人，嘟一嘟，能獲取殷勤，再努一努，人們就燃起必有下回分解的無窮希望。

外接式的兩個小喇叭常被我忽略，尤其它常不分輕重、不分晝夜向我嘮嘮叨叨，道這個長那個短，或惡意製造不愉快的噪音，使我不勝甚煩，也就不太管它說些甚麼。當然我必須承認，它有時還是忠實有益的，而且，它和我分享的巴赫及蕭邦的音符也深得我心。

基於確信臉佔有的高超位階，不論多匆忙，每一天我一定先和它打個照面，才相偕出外見人。我總是讓它正對著別人，靜觀其變、見機行事，直到現在，我還不曾試過以我的側身或背部去面對人，不知道為甚麼，反正就覺得那樣未免有點怪，別人也不會習慣。也許，臉是有感染力的吧，我做過試驗，就像對待鏡子裡的那張臉一樣，當我把眼睛瞇起一半，扁成下弦月，再把雙唇分開，露出牙齒，往往我也就會從別人臉上看到類似的表情，雖然，也有些臉孔對此毫無反應，但我猜這大概和鏡子的品質沒有直接關係，畢竟世上還沒有一面鏡子會把快樂照得木無表情。

歲月經常在臉上進行一些改造。像我剛剛提到，下弦月的眼和裂開的唇露出一次、兩次、三次友善的牙齒，卻一再無法從「鏡子」看到笑臉，逐漸就相信沒有表情的臉才是唯一的真相，以後再看到彎彎的眼和兩端向上揚的唇，也許就會伸手一刷，把它們抹掉。

在臉容記憶史的推衍中，異化和偽裝像不知不覺燒溫而滾燙的水，取代了最初的印象。我慢慢開始分不清那兩顆晶體的真正顏色，它們常閃爍不定或迴避我的注視，而我不得不承認，它多姿多采的藍色、綠色鏡片令我目眩。此外，那時而艷麗、時而冷得發紫或鍍上銀灰金屬的唇，經常讓我不知所措。每一天，我困獸般疲於解讀與逃避誤讀之間，既害怕過度詮釋，又慌恐訊息阻塞，於是，在扭曲的臉窒息之前，我赤足狂奔，尋找我生命裡第一面的鏡子，直到我抵達湖畔……

在湖水裡，有無數被塗鴉的屬於歷史的臉，一片片、一叢叢，黃的、白的、黑的、紅的……不由自主漂浮湖面上，沒有表情、沉默地。我有些許不慣突如其來的寧靜，隱隱有一絲寂寞，但也為逃離喧嚷而鬆弛下來。……噗……噗……噗……我驀地一驚，甚麼聲音……噗……噗……噗……這聲音平和地、順暢地繼續……由模糊到清晰，我啞然失笑，原來是我自己的心跳聲。

湖上的波紋漸趨平靜，原先因風掀動而吹皺的一張張漂浮的臉也更明顯。那白眉深鎖、眼神絕望的東方人，有點像屈原，那表情果決、緊閉的唇藏在隱密的鬚林中的，似是梭羅……還有，那戴牛角、將臉粉刷得像七彩小丑般的有畢卡索的味道……嘴張成個大大「O」型，看不清眼睛的那張臉，分不清是挪威畫家孟克還是中國的魯迅，也聽不見吶喊出來的聲音，再遠一點的那張臉，三角眼，沒有耳朵的部分淌著血……沒想過會遇見他，梵谷……來不及細想，另一面女性的臉飄流過來，無語問蒼天的美麗、眼神訴說著不甘與倔強，卡蜜兒……這些水面上漂浮的臉龐，時而悲憤嚎叫，時而變化各種形狀、顏色，戴上又摘下各式面具、帽子……虛虛實實、如真如幻……

是湖邊野花瀰漫的香氣悄悄爬上小山丘，向我吹一口氣，我這才定睛一看，湖面上紛陳的臉已不復見，只有一些小氣泡有一下沒一下冒出水面。我仔細透視湖水，水底幾隻小魚兒竟然正用他們的側面凝視我，樣子和我同樣不解。我朝牠們眨眨眼，促狹的笑笑，牠們會意地也報以眨眨眼，舞動雙鰭，快活地泅泳起來。

我眼花了嗎？分明在水裡的魚，遊到岸邊並不回轉，反以飛魚之姿一躍上岸。我揉一揉眼，不對，不是魚，是幾隻鴿子，正用牠們的側臉，邀請地望著我，我還不明白這意味著甚麼，後面大鳥拍翅的巨響已啪啪傳來，有節奏地敲叩我外接式的兩朵喇叭，一雙雙思想的羽翼篤定地飛過，多壯觀，一代一代有序地並進。

岸邊的鴿子展翅向我一招手便不再遲疑，瞬間已離開地面，我心一歡喜，腳也一蹬，身子立即輕盈起來，便緊跟著前方的白點不放。

往下一看，何時世界竟已在鳥瞰的角度，賦我以俯視的自由。過去、現在，兩條水平線優美地連在一起，甚至是未來，也漸漸靠攏過來。我則清清楚楚看見星球上億萬張交疊的臉，從遠古到現在，也還是由兩顆晶瑩的球體、一座擁有兩個風洞的小山丘，兩片溫潤的水紅地帶，加以外接式的喇叭組成，一開始就這副身家，離開時也不添加甚麼。

影子的記憶

露天咖啡座的人潮疏疏落落，有人滿意地呷下最後一口摩卡，「鏗鏘」一聲，放下繪漆著紅黃藍綠濃艷色調的咖啡杯，起身離去。與此同時，陸陸續續有人提著裝滿食物、蔬果的購物袋，和離開的人擦肩而過，就著隱隱餘留一些咖啡漬和麵包屑的桌子擱下袋子，坐了下來。

她習慣來學校裡的這家咖啡座寫作，而且固定坐在這個角落的位子。

此刻約莫上午九點半鐘，陽光斜斜地打東面照過來，越過她的形體，在地上完成她披散的滑直長髮、她女性側坐起伏的線條、交叉著雙腿的翦影。她的手肘一動，地上的黑影即默契地以同等幅度和速度也一晃。週圍的光影亦兀自以各自的造型和頻率變化轉換，或進行複數的互動；就如剛才那個拿著報紙離開的男人和買完菜來用早點的女人，兩人木無表情地經過彼此往相反的方向走去，兩個影子卻在那交錯的分秒之間，緊緊交疊擁抱了彼此。她喜歡這種既陌生又熟悉，既孤單也活在人群中的感覺，如同流動的日子，彷彿擁有，卻永遠像不停掠過的電影鏡頭，可看、可感，卻惘然若失地不可把握；彷彿一團藏匿在記憶蔭涼處的絨絲，以不規則的形狀存在，甚至膨脹，然而若欲掌控於手心，但覺遍尋不著下手的角度，稍稍使力，那記憶即萎縮成黑壓壓的平面黑影，沉默地靜躺著。

她總是悄悄在這樣的早晨，看著咖啡座七彩太陽傘一個又一個橢圓傘影攤開在日光之下，男人女人的頭湧動，在一朵又一朵隨著朝陽從地上冒起的蔭涼大蘑菇之間，宛如粗大的毛筆頭頻頻沾染墨水，繼而出走，離開生命最初的原鄉，將行經的生活、曾傾瀉的感覺，蜿蜒成記憶投影的痕跡，於是數不清的人形漢字遂遊走、散佈在這一張無涯無際的大紙上……

印象中，她最早的記憶就是從一支沙石路上的傘影開始。她不知道她為甚麼會在那條路上，她的意識銜接不上故事開啟的一端，她也不知道那樣不斷地前進，是否將抵達某個終極的目的地。她只是感覺到自己被包裹在層層布料裡，她的臉毫無選擇地貼在那面散發熟悉汗味的背脊上，溫溫熱熱、鹹鹹濕濕、夾雜一股油膩的氣味，頭頂上一支大花傘把她和背負她的母親齊齊籠罩在同一方小世界裡。她的知覺是斷裂、片段的，不單不具故事性，連完整的句子也稱不上，總是無止盡的熱……熱……，夾雜偶爾被風刮起的沙塵，還有傘影下走不完的路。

忘了甚麼時候開始，她也落地行走在人群中，每天不經意地成為別人生命裡的過客。她沒有自己的旅程，所以，每天早上母親取出菜籃，她就在高腳木屋的第一層樓梯口等著，待母親朝籬笆門走去，她便一溜煙躲進傘下扁圓的陰涼裡，母親邊走，她邊小跑步追逐著母親，不一會兒就滿頭大汗，渾身上下濕答答。

「熱吧？妳走在傘影裡，這樣就遮得到傘，不被太陽曬到了。」母親憐愛地建議。

她自此謹記在心，一雙眼認真專注地盯著太陽傘的影子，為要保障自己準確地躲在那片安全的蔭涼裡。

她很久很久才發現，父親每天太陽未正式升起就從家裡消失了蹤影。在這一片赤道烈陽照耀的舞台上，父親似乎常常不在場，而顯得遙不可及。

她只知道，每天早上，當鳥兒吱啁著清脆的歌兒、左鄰右舍的公雞爭相喔喔啼叫之際，父親的腳步就與窗戶透進的一線東方魚肚白同時劃破夜晚的靜態，宣告一天的甦醒和開始。

接著是水龍頭的水源傾灌到電水壺裡的聲音，嘩啦啦……，注滿了水壺的大圓肚，咔嚓按上蓋子，插入電線……不久就傳來嗚嗚嗚熱水沸騰的訊號。

父親這時已回睡房，在睡覺時僅穿的靛藍粗布寬筒褲外加上及膝西裝褲，上半身也套上一件白裡泛黃的薄汗衫，提著那個陳舊、皮質斑駁，拉鍊已無法拉上的工作包走出來。

接下來就是拔出電水壺的電源，往廁所門邊的洗面盆沖上半盆熱水，再添加一些自來水，把面巾一浸、一搾，用力抹起臉來。

把猶有餘溫的濕面巾掛在牆上的鐵釘後，「蹬蹬蹬」的步履拾級而下，由近而遠，未幾，腳踏車的輪子吱呀吱呀透過木床傳入她耳膜，籬笆門被吱嘎打開後，他就從她的世界隱退，成為一個想像的盲點。

當她被照在籐編草蓆上的晨陽薰得暖洋洋，全身毛細孔不住沁出汗意，也就是她無法繼續賴床的時候了。

幾乎毫無例外地，陽光從每一扇木窗的開口射入，在暗褐地板上烙下一個個亮眼的斜四方形，後院外的橡膠林唏咧咧的隨風喧嘩，偶爾葉子掙脫樹枝，在空中翻飛無數個三百六十度週轉，再徐徐著陸、躺平。

水壺的水尚溫熱，面巾仍未乾，籬笆門半開，剛好可越過一台腳踏車……

母親去買早餐，可能是豬油乾拌麵、可能是豆沙包，也可能是馬來糕餅，那種吃起來有濃濃椰香的濕濕油油的綠色軟糕。

那是她生命裡曾經無所事事的時光。她那時不知道這就叫做童年，一去不復返的悠閒生活，沒人對她的存在施加特定的要求或框架，她只需要純純粹粹地做為一個人。

早上她亦步亦趨，隨著母親去停泊在路邊的賣菜車。母親每天一定買一塊馬幣的青菜、四角錢的豆腐、半斤豬肉，有時也額外買一些諸如筍片或鹿肉之類菜販阿財強調難得有的菜色。阿財的喇叭按得又響又好聽，整條街的母親們全都向他買菜，所有的孩子都吃他賣的菜長大。

下午的時間，吃過午飯，母親洗碗抹桌，她就在桌子下與小白貓玩耍，或坐在父親用三塊小木板釘成的小板凳上，吹著風，看看小螞蟻們爬到哪去，或者留意牠們正運輸著麵包屑，還是一隻隻一動不動的小蟲。

母親洗碗之後，就取下大浴盆準備洗她了。洗澡的地點在後院的大蓄水池邊，她自己將小板凳搬到浴盆旁，待母親放好水，便一咕嚕躺進浴盆，把頭枕在小板凳上，任由母親用手指就著肥皂搓走身上的汗垢，邊盯著蔚藍天空中頻頻更改形狀的白雲。

洗完澡就是午睡時間。

下午的天氣太熱，她和母親就在玄關的窗口下躺著睡，睡不著也仍舊靜躺在那，除了腦筋，甚麼也不動，譬如打算著傍晚時分是玩泥球還是摘樹葉，用葉汁當指甲油塗在手指上。

當母親翻身而起，提著飯鍋，用水和穀粉攪拌隔夜飯，走去雞寮餵雞鴨，她也一躍而起玩兒去了。天色漸漸柔和，西方的天際泛出一片粉紅，燕子們啁啾啁啾在天上繞圈兒，她愉快地有一搭沒一搭自口袋掏出零食，像是父親炒了裝在牛奶粉罐的花生，或是她自己撕成一絲絲的雞肉塊。

當黃昏的彩霞漸漸暗紅並下沉，月亮也在不經覺之間出現，夜幕隨時都可能咻地拉上。有一個移動的黑影，總會在一天的最後一線日光消失之前，適時地在光和暗交替的剎那，隨腳踏車的輪子飛快穿過籬笆門，吱地一聲煞車，重回家園。

她也無心再玩，忙不迭衝下木梯，嚷道：「媽，爸爸回來了！吃晚飯了！」

家似乎又恢復為完整的拼圖。

她小小的心靈以為這就是生活的全部。

直至有一個下午。

母親把她拉到膝前，囑咐她：「囡囡，明天開始你就要去上學了，早上要早起，穿好衣服和鞋，隔壁阿姨會帶你和她自己的孩子一起去學校。」

「為甚麼？」她感到震驚。

「因為你已經五歲了，要開始學習做個有用的人。」

她就從第一天上學那一刻剪斷她原有的認知世界的臍帶，世界，不再是經由她自己所見、所感而構成的，而是從學校的課本中獲知的。

她也必須學習三種語文，中文、英文及馬來文。

她發現她叫做「華人」，那是不同於馬來人和印度人的，亦即，她與阿里和古瑪同樣有手、有腳、有眼睛，但由於皮膚的顏色不同，所以是不一樣的人。她還輾轉得知，阿里不吃豬肉，古瑪則不吃牛肉。但他們都愛吃霜淇淋，這倒沒甚麼不同，他們也愛看童話故事，發現彼此都看過安徒生童話故事和格林童話的時候，他們像忽然之間成了好朋友。

她為甚麼是「華人」哪……她不解，問了母親。

原來，父親以前不是「馬來西亞人」，而是「中國人」。「中國」在哪裡呀？「很遠很遠的地方……」多遠呢？太陽照得到嗎？「照得到，也是從東方升起，往西方落下，白天出現，晚上就消失。」那麼，為甚麼要離開那兒呢？父親嘆了一口氣：「因為戰爭……」為甚麼戰爭？「因為有兩組同樣膚色的人想法不同啊……」

上中學後，她就很少和母親一起去買東西了。有一天，偶然再次和母親共撐一支傘，赫然發現那面傘影再也藏不住自己的身影，她的影子在晨陽中拉得長長，倒像是刺破了傘影伸展出去的一株植物。

也就是在那前後，她和阿里常常走在一起。阿里比她高半個頭，兩個人的影子在日光下並行，煞是好看。她還記得在學校花園的牆角，阿里頑皮地用兩邊手做成兩隻接吻鳥的造型，對她高興地微笑。

父親和母親不知從那兒聽到兩人戀愛的消息，決定為她辦理轉校手續。

「我們做錯了甚麼？」她不服氣地追問父親。

「他是馬來人，是回教徒，你將來若嫁他得改姓名。」

「但我還是我呀！名字不只是我的代號嗎？」

「根據他的文化背景，你將來需要穿長袖長裙包頭巾，你想過嗎？」母親插嘴。

「衣服的樣式對我並不那麼重要。」她冷靜地回答。

「好，理由很簡單，他是異族人，我們兩人希望你將來跟一個華人在一起。」父親板起臉，一副不必再說的表情。

隔了一個星期，她就被轉去另一間純華人的中文中學。這種中學因使用中文為教學和考試媒介，所以她的文憑不為國家教育部所承認。結果，唸完中學，她只能選擇到中文語系的國度升學。

她想起曾經讀過的一句話：不管我把一個東西切得多薄，它總是會有兩面。

赤道下長大的小孩，沾染了原始的濃眉大眼，雖然操一口流利的中文，卻終歸是這個四季島嶼的異客。她不止一次費力地向人們解釋馬來西亞華人和馬來人的分別，卻依然無法被同學理解，除了出生於地球上不同的地段，在血統上她和他們並無不同。

所以她喜歡看人們的影子，因為不同的顏色和人生背景，在影子的原型中都一一被過濾、去除。

太陽何時已爬上頭頂，人的身形被壓縮成一具具黑影，四四方方，像一塊塊紀念碑的隊伍。

她悠悠繼續旁觀，像是注視著一個個盲點存在的真相和記憶。

寂靜的紗麗

眺望那片大地。那鑽石倒放的造型，像一顆欲滴還留的晶淚，鈴鐺般懸銜北回歸線上。古文明曾在此大放光芒，西方商人不辭千里來品賞這顆皇冠上的珠寶[1]。古老的河，如白鍊環繞著頸項，延著大地的曲線潛入南方之海。這象徵希望和生命的永恆之河，從最親近天界的喜馬拉雅山清靈而下的泉源，流經歷史的桑田與命運的筋脈，把豐沃留給孟加拉灣的三角洲，一如母親哺育孩子以純淨飽滿的汁液，讓他們一代又一代懷抱著夢想，週而復始。

當印度次大陸境內的人們懷著救贖之夢，一步一步彳亍向母親之河，祈求安慰，洗滌汙穢、傷痛疾苦，他們擁有了另一片夢土。在那兒，他們被全然接納、轉化、昇華…….於是，在貧困的恆河之畔，乞丐遍地、病患橫臥，形體乾癟的人們卻眼睛發光，臉面煥發異樣神采，蹣跚趨近他們一生渴慕的聖水；在牛羊嗚咽低鳴，陽光暴曬之下，一具具的疲憊軀體投入這循環百水千山之間億萬年的長河……。水平線遠了。落日在貝納拉斯[2]塔頂徘徊。渾圓的大太陽彷彿神聖的臨在，完滿地圈住了古文明的呼喊和召喚——那刺向天際的尖塔，宛若一隻探向永恆的指尖，竭盡所能地企及不可知。

可天地通紅如焚。分不清是哀傷的恆河泣血感染了雲霞，還是天空在燃燒而倒映在河面，走在河畔的人們，無言地紅了眼眶。恆河依然年復一年，日復一日地奔流，我與她始終緣慳一面，我只是隱隱約約風聞有她，異想她於千里之外。

最初的印象是幾行不甚具意義的文字，出現在小學的課本裡，「馬來西亞是個多元種族的國家，由馬來人、華人、印度人組成三大民族……」。我住在一個華人小鎮，上的是華文小學，在街上難得碰上一個馬來人，何況是人口更少的他們。

我都只在書本或電視上遙望他們。十多廿吋的螢幕上，他們不是在談情說愛，就是在草原上舞蹈歡唱。女人們總梳著粗亮的大辮子，頭上綴滿白中帶黃的素馨花，似笑乍嗔的烏黑眼珠，讓額頭正中的紅點憑添一份嬌媚。那珠砂痣般的標記，使每一張甜黑色的臉孔擁有一份混合羞澀與熱烈的風情，而他們的歌唱呀，吳儂軟語的嬝嬝繞樑，就像簫音隨著古悉塔琴一邊吟哦一邊挑逗心弦。她們結實有力的蠻腰炫耀地暴露陽光下，與熱鬧暢快的音樂波浪般一扭一扭地應合，在鮮麗的銹紅色、寶藍色、艷黃色紗麗[3]包紮下的身體顯得豐沛健康，含苞待放。男人們則穿著麻質米白色潘加必[4]，深邃的眼神盯著女人的眉梢，兩片小髫鬚覆蓋著善調情的嘴唇，隨時蠢蠢欲動。

這無盡爛漫的民族共有一座愛的殿宇，白如完璧的泰姬陵，紀念著近四個世紀前沙傑罕王[5]對妃子瑪哈[6]的思念，也寄託了這三百多年來分佈世界各地的印裔男女隱密的情愛世界，那被梵文這種符號隔離的秘境。瑪哈王妃長眠阿格拉城[7]，沙傑罕王以建築之美追憶往昔，用大理石封印他不渝的眷戀，更選擇了恆河的姐妹河，加慕娜[8]襯托似水柔情。於是，穿梭百年時空隧道，甜密的伴侶們為彼此共築屬於自己的泰姬陵記憶，傷心的戀人則讓眼淚哭成一條長長的加慕娜河，徒留晃動的泰姬陵倒影在心頭。

再追溯到千年之前流傳迄今的戲劇，「莎恭達羅」[9]，國王杜斯仰達[10]愛上平民女子莎恭達羅的故事。兩人突破重重障礙結合後，莎恭達羅卻不幸被咒詛而遭國王遺忘，歷經心酸和幾近遺憾，峰迴路轉，國王重見訂情指環，最終尋回莎恭達羅與未謀面的孩子。莎恭達羅和泰姬陵標誌著愛情與時間、記憶、甚至死亡拔河的刻度。沙傑罕用最堅硬的礦石打造記憶的形體，把他活著的情感銘刻在地上，「莎恭達羅」則誠實地刻劃愛的無常與記憶的脆弱，然而，古梵人終於還是以國王與莎恭達羅的團圓詮釋了他們對愛情的信仰。

螢幕和文字記錄的那個世界，若即若離一如地平線，可望不可及。或許，是他們把她隔絕或遺留在文化的地平線以外了……那文明、那內在豐富絢麗的色調，那如歡樂泉湧的歌舞，怎麼儘框在表演形式或過去式的歷史裡……

離家的孩子，走得倉促，甚麼也來不及拎，就這麼出走了。我彷彿看到，那英軍佔駐的年頭，一群黝黑的孩子打恆河列隊登船，深邃的輪廓，臉上寫著難懂的表情，如同他們的文字，美麗而不可言喻。

飄洋過海，一艘又一艘的船就那麼隨風從印度洋啟航，飄向馬來亞，以契約之名。恆河、泰姬陵、古老而輝煌的太陽就這麼遠了，靜止成一幅過去的圖騰。一艘艘的船歷經顛簸，緩緩靠岸。這群穿潘加必的新客站成一排棋子，開始他們新的命運。沒有人知道，擄掠和殖民的概念是如何產生的，然而，他們就這麼被殖民者送進陰暗的循環，漸漸走入邊緣。

我對他們的關注向來止於地理考試中的公式化答案而已，「馬來西亞由三大民族組成，馬來人、華人和印度人」，你我他的三角關係，他們一直是我民族關係裡的「他者」，直至大學。在馬來西亞最古老的高等教育學府中，我初次聽到他們叮鈴鈴鈴移動腳踝上鍊子的鈴鐺打我身邊走過，空氣中頓時散溢一股濃鬱的香味。我回頭一望，只見幾個甩著粗繩般長黑辮子的背影，穿著紅、藍、黃、綠寬鬆長上衣和燈籠褲，隱隱約約傳來夜鶯般高亢幼嫩，又急，又快，又滑溜，運轉自如的嗓音，天真活潑的氣質率性散發出來。

印度男生們也老愛聚在一起，常常十幾個佔據一兩張長桌，邊用手撕吃印度燒餅，邊喝著拉茶。他們大都擁有比上身整整長出一截的長褪，廿出頭的小夥子們，每每蓄一綹小鬍子，既老氣橫秋又佻皮的模樣。他們當中頗多選擇法律或醫科，功課排得密集，可宿舍、校園的嘉年華或文化晚會上總見到他們載歌載舞，從閃亮搶眼的服裝到俐落有力的舞步，瞬間，時光似乎倒回他們祖先當年的草原，大吉嶺[11]的茶山，以及恆河流經的野花之鄉，在那兒，人們以夜來香訴衷情，生活充滿節慶的喜悅。

是那一簇生命奔放的節奏和活力吸引我選修「印度文化」，我懷著對靈動的音樂、鮮艷的服裝、薰鼻的香氣、又辣又甜咖喱糕餅的想像踏入他們的世界。翻開課堂的筆記，我傻了眼。音樂舞蹈愛情踉踉蹌蹌從腦海沖走；過去、現在、甚至未來的時間，剎那間膠著成糊狀。

數不清的淩晨畫面被翻轉出來。樹影幢幢，一株又一株高而瘦的膠樹孤獨地呈現朦朧的晨陽與輕霧之間，每株樹幹都綁著一隻小杯子，像許許多多純粹存在著，並不說話的嘴巴。每一天，無數身體穿著簡單的衣服，甚至是鬆垮的短褲，攜著小刀，靜靜地曲膝弓背俯向樹身，耐心而認命地順著傾斜的紋路一刀又一刀劃過，白色的膠乳似汗又似血，一顆顆從樹皮滲出，慢慢匯成一道流汁，艱苦而拮据地滴、滴、滴……那小杯子就卑微安份地張著嘴等待這唯一的甘霖。

天逐漸放亮，膠樹下的人影更清晰起來。睏倦的臉沒甚麼表情，暗黑色的皮膚與膠樹構成一幅互相依存的一體感，疏疏落落有些小孩背著書包，陸續穿越叢叢佇立的樹林上學去。這些淩晨三、四點就起身的小孩帶著膠汁味，強打精神坐在課室中。老師在前方講解，在黑板上密密麻麻飛快地用粉筆寫字，甚麼時候啊，所有的音波迴盪呀迴盪成膠林裡的鳥聲啁啾蟲鳴吱吱，白色的字開始流動起來，湧動啊奔流，流成取不完的膠液，身邊的黑樹影快樂地伸展枝椏舞動起來，小臉上綻放天真的歡欣笑容……。

忽地耳垂一下劇痛，笑聲嘩啦啦如雨點落在四週，下雨了……，今天不能開工，因為雨水會稀化膠乳。

一棵大樹擋在回家的路，黑漆漆地……。

「還睡！」一記耳光清脆的「啪」一聲，小腦袋驀地驚醒了，錯愕的眼神，沒有號啕大哭，只有落寞和羞愧，及至低頭……以凝視膠刀割裂樹皮的視角。

「膠園工作苦悶，英殖民政府開始提供酒精飲料予膠工，於是印度膠工白日工作，晚上藉酒作樂，一旦上癮，微薄的薪水都用來買酒去，連孩子的學費都付不起。低教育水平使膠工一代又一代桎梏膠園，在惡劣的環境中無法自拔……。」講師又發下新的筆記，「膠工們都住在狹小的粗糙木屋裡，由於知識水平的限制，並無家庭計劃的概念，平均每家有八個孩子以上，擠在吵雜、通風不良的屋子裡。丈夫們普遍酗酒成性、毆打妻兒……，掙脫黯淡生活惡性循環的少之又少，唯一的管道通常只有教育一途，或嘗試搬到市區開雜貨店、賣日常用品……。」

恆河之水流到馬來半島，竟成為現實中的淚河。人們已忘卻了挽留不住的過去，看不見黑壓壓的未來，唯有以酒精買取對現實一次又一次的麻醉。原來，瑪哈的陵墓至此已成荒涼的神話，加慕娜河上渾圓的倒影早就凋零，在這片南方的國度，莎恭達羅的命運竟是心靈和肉體雙重的無盡傷痕。那明亮的笑靨和艷麗的色彩啊，原來只是框在螢幕或舞台上，約莫二小時經緯之中的影像。那些被記錄的舞蹈和歡愉，述說著，馬來西亞由三大民族組成。……我從電視和平面文字移開我的視線。

走在吉隆玻的街道、穿梭在熙來攘往的人潮裡，我總是瞥見被陽光過度烤焙的他們，或汗流浹背以腳車摩托車超載麵包和送洗的被單、或枯坐賣口香糖餅乾的小亭子旁。路上汽車巴士川流不息，他們在我眼前忽明忽滅，我看不見他們的祖先因動情而懾人的目光，也看不到被塵囂覆蓋之後，印度舞誘人的熱情。唯有那額頭的紅，和紗麗下依舊婀娜的曲線，恆久描點他們代代傳承的身世……喜馬拉雅的孩子，恆河的女兒，他們體內的血液曾經是如此壯麗和溫柔，他們的失語不免教音符與色彩無言以對。

註解：

[1] 英國人曾稱印度為jewel of crown，意即皇冠上的寶石。

[2] Benaras又名Varanashi，恆河之畔印度最神聖的廟宇所在。

[3] Saree，馬來文Sari，印度女人的傳統裝扮，以長長的布匹包裹身體。

[4] Punjabi，印度男人的傳統服裝。

[5] Shah Jahan，十七世紀統治印度的蒙兀爾（Moghul）王朝的國王，為難產而死去的愛妃建造泰姬陵。

[6] Mumtaz Mahal，泰姬陵便是為她而建的。

[7] Agra，泰姬陵所在地。

[8] Jamuna River，與恆河一樣源自喜馬拉雅山的河流，泰姬陵就位於其河畔。

[9] Sakuntala，古印度最偉大的戲劇家迦梨陀娑的曠世名作，十八世紀時傳至德國，歌德見後讚嘆不止，還給劇中女主角寫了一首詩。

[10] Dushyanta。

[11] Darjeeling，位於喜馬拉雅山脈，為印度名茶「大吉嶺茶」產區。

離散手記

你一旦飛翔過，

你在地面上行走時

就會雙眼望著天空；

因為你到過那兒，

因此你渴望回去。

——達文西

那一年我回到馬來西亞

就因為一次回國的度假，一次的面試，結束了我在台灣的寄居生涯。於是回來了，就像其他曾經旅台的先輩一樣，離開時還是一個青春的孩子，回來已是「知識精英」的後備軍，站在和自己的外表年齡相仿的學生面前侃侃而談，內心卻若去了一趟遠行，恍若隔世。日子逐日逐日的過下去，其實自己卻像一個在陌生環境找到一份差事的旅人，緩慢地琢磨如何在陌生的自己的國度尋找一種生活的模式。

有一首無韻之歌緩緩從心中昇起。近廿年前，一名藍色的憂鬱詩人曾經如此吟哦：「那一年我回到馬來西亞，Blue／再開始策劃著另一次的遠遊……那年我回到馬來西亞，Blue／適應對民間生疏的善意不可挽回的時間，任其遙遠……」

於是偶爾在新書發表會、詩人搞的小圈子、書店、電影院，這些我輩憑著嗅覺出沒的角落，發現很多人都回來了，變得馴良、安份，走路時讓一雙腳板溫和地輪流踩在土地上，剪掉長髮、剃了鬍渣，總是掛在網路想像空間的十指終於安靜地平放。

「那一年我回到馬來西亞」，離開過的人們都知道，吟遊的文字背後是漂泊靈魂的再回首。

Diaspora，離散或流亡

我記得，或者，我們都記得，赴台的第一個月，再次面對一種重新開始的衝擊。

第一次是從南中國海的另一邊飛到馬來亞大學時，除了身份證護照換洗衣物，從童年蒐集的記憶，生活的證據——那些從小學一年級開始騷動的戀物癖：一年一年越變越小，被一年又一年吸收宇宙精氣迅速膨脹的軀體唾棄、遺留在衣櫥的小童校服，有著一層蕾絲、兩層蕾絲、甚至三層蕾絲的農曆年公主裝新衣、以及，刻劃著最初的書寫的，佈滿歪歪斜斜字體的練習簿——這些原本一早預謀留待晚年以為緬懷、回憶的物件，被時光隔絕、煙化，四年一夢乍醒，最初的家成了鄉愁的座標。

文字的世界是最龐大而無形的迷宮，一旦進入，只能往前走，回頭路比前進更迢遠。於是以義無反顧之姿，在上個世紀最後數頁翻飛之先，遁入那佇立福爾摩莎近一個世紀的椰林大道。

霎時，在路上，忽地再看不到「berjalan」，「berhenti」；「前進」、「停」，用漢字曉喻規則的世界，你意識到你成了一個秘密的闖入者，只要你不動聲色，人們並不容易從你的外表揭發你真正的身份。你真正的身份是甚麼？他們叫你「僑生」，這是你旅居歲月之前所不知道的自己，你祖輩和台灣的歷史為你命定的名字。

「來到這兒，我有一種流亡的感覺……」那是初抵台北第一個月，和同樣從馬來亞大學到台灣唸書的兩個朋友發出的感嘆。她們年輕的臉龐彷彿閃過一絲擔心的神色。我從此也不再提起，但感覺依然延續。身份！你思索和反思的生命角色。語言或膚色的邊界再一次被顛覆，你發現一切必須開始重新定義，人生的位置沒有定點。

候鳥

每年的春節是台北最冷的一段時間，許多馬來西亞的旅台生只曾風聞，不曾經歷，因為，那也是學生們一年一度飛返赤道家鄉的時節。熱帶國家，中華文化的「蠻夷之地」，可唯有回到此地，「僑生」們才可能過一個團圓而熱鬧的農曆新年。

滯留校內宿舍趕寫論文的那一年，在台北濕冷的冬天崩潰，思緒思鄉成災。內在鄉愁匿藏體內猶如季節的警鐘，沒有飛返溫暖南方的候鳥，在異鄉失去理智的學術思路，一連數夜讀詩達旦，頹廢度日，如此熬到年初四，台北溫度終於回升，方從晃蕩如離群候鳥的失焦狀態回過神來。

春節後就是明媚三月。總是在杜鵑花血紅地染遍校園時，預知離別似地，背著沉甸甸的老牌手動相機，從花苞初結、繁花綻放，一直記錄到學生們再找不到足夠的落花拼圖示愛，又一花季謝去為止。

於此，大道兩旁的鳳凰樹漸漸茂密，從試探式地吐蕊，直至五月末的某一天，學生們一覺醒來，發現鳳凰花已綴滿紅艷，盛裝以待披上黑袍、頂著方帽的學生趨近合影。

總是在置身實景之際，以未來的角度審視當下的一切。因為，候鳥們都隱約感知，若干年後，在下一個寒季降臨之前，我們也許就在一番點數、囤積各類書籍、資料之後，把一切的記憶裝箱郵遞，呼嚕振翅飛回生命最初的領地。

旅台・旅人

旅台人喜歡轉述一個故事，故事裡呈現出一個極致的旅台份子典型。關於那個大年夜，可能還刮著颱風，幾個年輕馬來西亞學子路過一間舊書攤，剛好瞄到一個身影—那個已經寫出不少具份量的小說和論文的學長，正抱著一疊厚厚的、紙質已經泛黃的舊書走出來，不太注重修飾的外表下，引人注意的是一雙專注有神的漂亮眼睛。

當然也有另一種版本的旅台軼事。據說曾經有一份兼職工作，在馬來西亞旅台生手中代代相傳。那份工作所需要的就是坐著，偶爾眼睛斜睨電視螢幕一眼，既可以有額外收入買書，又不會太傷神影響功課，是大家最嚮往的優差。可惜這份工作後來不知如何不了了之，落入「外人」手中，成了永遠的「傳說中的優差」。

匯率的換算，消費標準的差異，旅台生一開始總有著下意識把所有的支出乘以「0.85」的內化機制，直至有一天，像一位唸哲學的學長說過的一般，發現「這樣怎麼能正常生活？！」，於是決定忘記馬來西亞的一切，過起買書像吃一碗麵、買CD像一天喝三公升水的生活。於是很快如魚得水地快樂得不得了。這樣的轉變，標誌著從旅人蛻變成旅台的狀態。

那原是島上五年生涯裡逐日逐月研摩出來的生活形式，一種波西米亞和蘇活的混合。研究生歲月，生活經年簡單而豐富，外在看來不過起床、讀書寫作、吃飯、讀書寫作、運動、吃飯、讀書寫作、睡覺，窗外的樹輕描淡寫地冒嫩枝、壯闊、落葉、褪盡，一季一季日常地過去，自己裡面卻若日日驚奇的壯遊，每日太陽過樹梢沉落後，一種因為嚴於律己而來的飽足感和狂喜慢慢滲透全人。

校園也因此成了那段日子的大本營。朋友見面吃飯常常是約在台大誠品書店門口、下午六點。每個月必須補充的新書、音樂CD不外誠品、聯經、唐山、玫瑰、大眾，大致足夠供養。總不忘記，每個星期天，到誠品一樓接二樓的樓梯轉彎處、後來變成在地下室梯口，取一份免費破報。以及每個月原本免費、四頁開版的誠品好讀。後來從30元飆升到90元、120元，當然也毫不欺場地從無顏無色化身七彩繽紛、有深度又年輕好玩的炫版。

離別之前，從台北中和坐捷運到台大的路程意義再次改變。原已經當作是出外—回家的路線，再度成為倒數旅程結束的風景。留守中央研究院工作的朋友預言：你總要回來的。所有離開的人，每隔一兩年總要回來走走，這好像成了一種儀式。

台大地下室的告別式

離開之前，我沒有預告朋友。忙碌的現代社會，若非刻意保持聯絡，朋友之間一年半載見一面也是尋常的事。沒有告別，就彷彿也沒有離別。

我只是在起飛之前的那個下午回去台大。

複習超過數百遍的過程。經過池上便當店、7-11、那家強調賣不打針的雞肉的經濟飯餐廳、雲南涼麵攤、蛋糕店、婚紗店……交通燈轉綠後立刻奔過四條馬路，走入捷運、朝前進方向的位子坐下，古亭站換車，用最快的速度跑下樓梯，把自己塞進差一秒就關門的新店線列車。

步出捷運公館站台大出口，拐右，就是台大正門了。我習慣地從右門進去，門口那棵流疏半面盛開、半面清翠而沉靜。杜鵑花季已經過去了。我往左走入椰林大道，左邊第三棵椰樹三尺高的部位幾乎中空，張著一目瞭然的一個直徑15公分的黑洞。右邊接近行政大樓的交通島上，茂盛的鳳凰木樹身浮凸著幾圈扭曲而費解的樹痂。

再往前走就是紀念傅斯年校長的傅鐘。鐘聲二十一響，剩下三個小時留給思考。血紅色的鐵鑄傅鐘，和聞名遐邇的達文西所繪「蒙娜麗莎的微笑」一樣，比想像中小很多，意義卻不在於實體的存在。你可以沒看過傅鐘，但傅鐘是台大永遠的節奏。你也許沒看過「蒙娜麗莎的微笑」，但她永是羅浮宮精神的一部份。

於是我終於穿過台大圖書館的大草坪，不進圖書館，而逕往地下的樓梯走。嶄新的「台大圖書出版中心」，我剛踏進大門，柯老師正目送拜訪的客人出來。櫃檯工作的助理還不及反應，柯老師向我走來，對工作人員說，這是我的徒弟，要回馬來西亞的大學教書去了。

「來！這是我們台大的新產品，你挑個顏色。」既是紀念品，我輕聲請老師挑，總認為這樣更具紀念。老師豪邁的笑聲朗朗，「T-shirt就這個顏色好嗎？棗色是哈佛的顏色！帽子就米色的，馬來西亞天氣熱，陽光烈，淺色清爽、不怕曬！來，進辦公室坐！」

柯老師的辦公室就在陳列室後面。出版中心主任的會客室，新穎考究的設計、昏黃裝修燈輝映，充滿質感而不失素樸的典雅，書架上的文學、美學書籍告訴訪客——主人另一重更悠久而並疊的身份。

啜著普洱茶，聽著柯老師的叮嚀，回國執教的心也更篤定了。老師極謙和地以過來人的經驗鼓勵，教學和自我訓練常是並行的，更是梳理研究生涯所涉獵知識的一種方式。「學成就是奉獻的時候了。」老師微笑。「很好啊，你就放心去做吧！何況如果需要支援，你總可以回這邊找，這個時代的教材是更多元化了。」

「帶一盒台大自己出的便條紙回去用。」那是印著傅鐘的便條本子，淺淺的棕綠色，透露思古幽情。臨別，柯老師從書架取下一本精裝台靜農先生的紀念論文集相贈。厚重的書體，承載幾代台大人的感情和記憶，我暗忖，以後要探望老師就不只是一趟捷運車程之遙了。

近黃昏的時候，我在椰林大道慢慢散步。這些年的時光裡，曾經無數次在路上遇見穿著舊T-shirt、騎著咕噥著「奇奇卡卡」聲響的腳車經過的柯老師。柯老師在台灣是學術界重量級人物，平日瀟灑地笑曰台大有一個最後的嬉皮士，大而化之的格調，學生往往在入室受指導論文之後，才發現大而化之背後的嚴格，嚴格裡參照而出的溫柔敦厚。

經過傅鐘的剎那，我側過臉往左巡禮，夕陽正打在傅鐘上，像極一件經已潤色的油畫，我的心在春末初夏的輝光中感到了一個完滿的告別式。

我的飛翔不留痕跡

但我確實飛過

那是我真正的愉悅

——泰戈爾

秘密

小時候的生活經驗曲曲折折，慢吞吞，細細長長伸向不可知，和後巷存在的狀態一樣。對年幼、走直線的心靈而言，時光隧道仿彿峰迴路轉沒有出口，蜿蜒蛇行的小路若有似無，感覺無以掌握，因而處在記憶幽深神秘的背面。童年那個身影離開現在太久遠，很多事記不太清，仿彿確實發生過，卻也可能是自己胡思亂想出來的。

那些曾目睹漸漸遠去的小身體緊張、不安的光暗明滅，或是曾經讓掛在小小軀體正中央的那顆心抽搐、過早窺探悲傷的零星片段，像是不規則的後巷步道，那麼的閑置、不修邊幅而荒蕪飄渺。路面像補釘，下雨天爛泥巴難走，於是加上東一塊某家丟棄的水泥桌面碎片，西一塊某家木箱的殘骸，有時附帶獠牙裂齒的鐵釘藏匿暗處。

後巷是多出來的路，可有可無，它的存在被當成理所當然，沒走過的人被領了一次路，下回就懂得闖進來了。使用後巷當過渡路徑的人，對後巷的由來不會太感興趣。其實，很多巷子是前面住家地契的一部份，為了自家的方便，也願意給左右方便，就那麼一片狹長的地給讓出來，隔在籬笆之外，倒似被廢棄的土地。後來的人不知就裡，有時因主人家種棵樹或擺個大盆，無法隨心所欲竄走，卻怪起主人，以為私自把公家地佔為已有。後巷就是這麼一種公私難分的空間，大人繳路稅和它無關，這裡沒有交通規則，對人們來說，只是一個暫時路過的地方，方便就好，不必太認真。

花比較多時間駐足、留連後巷之間的，往往是恍恍惚惚或無所事事的老人與小孩。老人是後巷的靜態，經常一張矮凳子，一坐數小時，因為他們不是生活在當下的空間裡，而是沉緬過往的浮光掠影中。小孩則是後巷的動態，下課後穿梭巷道兩端，根本不知時間為何物。

小時候，我們住的那一排屋子十幾戶人家，極有默契地，把後面的空地讓出來，讓左鄰右舍可以暢行無阻。那空地和後面那一排房子的邊界又以籬笆區隔開，形成一條兩邊皆是籬笆的狹長巷道。由於車子進不來，小孩都喜歡到這裡蹓達，特別是男孩們，兩隻手一橫一豎，伸直的那一邊就化為長劍，一路喊打喊殺，也不曉得誰正誰邪。有時來了一台不識相的腳踏車經過，小孩們為了避開，索性把身體往籬笆一靠躺，鬧出一陣嘩啦啦啦的震動聲，整條巷子邊的人家都聽得見。那裡，成了一代又一代小孩的童年租借地。各家孩子長大後，自然而然就逐漸脫離後巷嬉鬧的日子，一來學校的課業越來越繁重，上課之餘，父母還安排上補習班拼考試成績，二來自己也不再相信後巷上演的那些武打俠義想像遊戲。

我們當中，也許只有慶生一個人被永遠留在後巷歲月中了。

慶生一直忠於他在後巷扮演的角色，一個叛逆而不怕懲罰的英雄形象，前者是大人給他的角色，後者是慶生給人的印象。當我們漸漸發現遊戲完了，陸續都走了，慶生沒有走，他的身影在赤道的太陽下漸漸化成小小一團火，我仿佛看到他咬著牙，固執地說不痛。

我們那條路的孩子，都上同一間小學，也都走同一條路，就是那條各家齊齊讓出一條縫的無名巷子。慶生大約住隔幾間屋子之外，我不記得是哪一間，因為我們一群小學生浩浩蕩蕩放學回家，在路上吱哩呱啦你一言我一語，忽然就不見了慶生背著綠色舊書包的人影，我想他一定是崁進整排屋子的其中一個縫隙去了。我本來也不認識他，只知道大家異口同聲說他是一個壞孩子，不怕打，也教不乖。因為這種傳說，我遠遠看到他，心中總冒起一股寒意，莫名地害怕，卻又萬分好奇。

小學六年，慶生從來沒有和我同班。我是那種把學業成績當成榮辱之事的學生。有一回躺在樓梯斜斜的扶把上看飛鳥，不留神跌了下去，險些摔斷手臂，進醫院驗明沒事，痛了一晚，無法溫習功課。隔天馬來文測試沒考一百分，被老師打手心，我足足低頭自責了一個星期。但慶生好像從來不在乎這些，大家傳說，這些他都不怕，他不怕沒面子，也不怕被處罰。我們不同班，慶生是「壞班」的孩子。

唸三年級的時候，我開始打乒乓球，到了四年級，我已經可以隨自己的意願控制球的速度、落點、旋轉的方向，也懂得玩各式各樣的開球。下午的時候，當後巷傳來其他孩子們的笑鬧聲，我總是一個人對著面牆的桌子苦練乒乓。我練球的地點就挨著我家面朝後巷的院子。有一次，我的小銀球跳過籬笆的小孔，被風吹走，正當我著急的當兒，慶生忽然停下來，追著乒乓球幫我撿起來，來到籬笆邊，手掌含住乒乓穿過籬笆孔，把球交給我。不知為何，其他孩子頓時起哄，不知笑鬧著甚麼。我但覺臉龐發燒，一把將球奪回來，板著臉跑回屋裡。

那次之後，學校裡就流傳一個笑話，說是壞孩子慶生喜歡隔壁班的女班長。我開始常常偶遇慶生，而且不知是否心理作祟，我覺得慶生的眼神有點奇怪，讓人覺得慌亂。最糟糕的是，聽說慶生也開始打乒乓，而且打得很不錯。由於喜歡打乒乓的學生開始多起來，學校籌辦了乒乓社，每天下課後，有興趣的學生可以到乒乓室一起打球。

我們在乒乓室採用的是「霸王制」，也就是由兩個人開始對壘，輸者出局，贏者留下繼續比賽。我的球控制得不錯，「乒乓霸王」之名開始傳開。也許慶生知道我不怎麼歡迎他吧，我很少在乒乓室看到他，不過，每天練球過後走回家，經過回家的巷子，總會有一顆石子在不知名的地方拋出來，我一回頭，卻不見人影。有時我故意沉住氣，假裝沒看到，第二顆石子就會緊接著飛出來。我心中有點憤怒，卻又有一絲模糊不清的莫名感覺。

上課中歇的二十分鐘休息時間，我們總湧到學校後面的小食堂買點心吃。小學生不守規矩，本來排隊的陣容片刻即亂成一團。我在人群中不由自主的被推前又扯後，檔口似遠又近。有一天，正當我奮力嘗試擠到前面買點心的時候，忽地一股極大的衝力把我推前，我一時慌張失措，一陣踉蹌，失衡摔倒在地上。回頭一望，慶生的臉分明在人群中。我又羞又氣，一聲不響離開，逕走去教員辦公室向班主任告狀。次日，當我途經辦公室走去底樓食堂買點心，發現慶生一個人跪在門口，長長的走廊上一個小小的身影，看起來既孤獨又悲壯，我趕快加緊腳步走過，不敢回頭望他。

那很久之後，老師宣佈校際乒乓賽就要開始，乒乓社將要遴選校隊參賽。老師把慶生也叫來乒乓室一起訓練。慶生打起球還真讓人另眼相看，他開的側旋球又刁鑽又俐落，球落地後還在優美地旋轉不止。我開的下旋球通常可以直接取分，接招的同學總是無力反擊，簡而言之，一個「飛」字了事。可慶生給了我莫大的挑戰，只見他的眼睛盯著我的手腕不放，我一把乒乓球切下，他立刻把球拍反方向向前兜了一記，一個弧圈球立刻以迅雷不及掩耳之姿撞了過來⋯⋯。我手心發冷，知道新的「乒乓霸王」誕生了。這時，慶生向我走過來，有點壞壞的輕鬆微笑，我故意板著臉，慶生的笑容忽然不見了，而且臉色看起來有一點蒼白。其他小學生也靜了下來，等著看好戲。慶生仍然盯著我看，而且站得那麼近，我腦袋一片空白，不知怎麼就舉起木製乒乓拍狠狠用力一敲，——「啪！」

我呆住了，忽然恐懼起來，因為我發現，慶生的頭流血了！我下意識覺得慶生可能要打我了，也許就像他在後巷和男生們鬥狠一般對我出招。我全身僵硬，逃避地閉起眼睛，雙腿發軟。再睜眼，慶生已不在了⋯⋯

慶生沒有中選校隊，因為他受傷了。說也奇怪，那一敲之後，我就很少看到慶生了。我很想向他道歉，可是，每次聽到後巷傳來的玩鬧聲，只要我一走出去，慶生立刻就不見人影。我一直很納悶，他為甚麼沒有對我還擊，以處罰我對他施予的暴力。我甚至不知道他到底有沒有生我的氣，因為我也並沒有在經過巷子的時候被石子偷襲，事實是，再也沒有人向我扔石子了。

我以為那是因為慶生向我徹底投降了。

後來我才知道，慶生是提早向自己繳械。

消息是從巷子傳出來，再傳回學校的。在一個彷彿普通的讀書天，慶生沒有去上課。大家不覺得奇怪，慶生本來就常常逃課。

但是那天巷子裡發生了火災。慶生的媽媽買菜回家，發現家裡著了火，聽說巷裡第一次聽到慶生的哭嚎聲。原來，慶生本來就有病，痛起來不可開交，卻也總是倔強的咬緊牙關不哭。那天也許疼得受不了，那麼小的孩子，竟然用土油澆了自己一身，一把火燒了起來。大人們這麼交頭接耳說著。

彷彿又過了兩個夏天，我已經十二歲了。我離開了小學，開始上中學。我已經不必天天經過後面的巷子了，因為我的中學在另外一個方向。但是，我常常還是會趁著無人的時候，走到面向後院的視窗，觀望路過的人或玩遊戲的小孩。

沒有人知道，面對後巷，我常常會倏地一驚，從窗口彈開。我覺得慶生可能在那兒，蒼白著臉不肯說話，眼神只是悲傷，並沒有惡意。

生活在她方

我記得，我是詩巫的孩子，在南中國海的東邊，枕在北婆羅洲海馬形土地的腹部長大。八十年代是生命最多變的十年，回頭一望，身後三個人影，俄羅斯娃娃般，大中小重疊在一起。

第一個人影不足四呎高，頂著圓圓的椰殼頭，天真地叉腰站在家門口。

仿彿還是昨日的那個下午，天涼涼，又是起風的時候。沒有鋪瀝青的路上飛沙走石，森林邊，那棟門牌42號的獨立式大木屋，木窗被風吹得開合開合，伊啞……砰……伊啞……砰……

我聽到風中傳來呼喚，「妹妹，我們下去玩抓葉子的遊戲，看看誰抓到比較多！要快啊！不然風就停了。」一聽到「遊戲」兩個字 ，我立刻從樓上咚咚咚咚飛奔二十多層木梯而下。「慢慢走，不要跌倒！」媽媽不知從哪兒喊。

姐姐已經開始了，跳舞似地，在地毯草坪上轉呀轉，裙襬盛開，嘴裡嚷著「要抓空中的，那些沒落地的啊！揀地上的就是臭坑，要罰！」我點點頭，開始賣力追捕葉子。風越吹越烈，我順著飄落的葉子旋轉的幅度越來越大，小小的身子幾乎浮起來，周遭模糊不清，一片白茫茫，耳際只剩風呼嘯的聲音……

等到四週安靜下來，姐姐已不見人影……只剩我一個人孤立滿地樹葉中。

姐姐不玩了，在我不知道的時候，留下我一個人。我緊捏葉子的手鬆開，一種感覺滲入我的胸腔，空空的，被一種麻疼啃噬著。那是我和姐姐一起玩的最後一場童年遊戲。天曉得，我曾經苦練騰空抓橡膠子、花式跳繩、倒立用手走路，就是為了玩遊戲名正言順，不必動用「我還小」的豁免權渡過最考技藝的那些關卡。可遊戲不見了，剛練就的各種花樣瞬間荒廢。

第二個人影於此「咻」地騎著銀色迷你腳踏車出現，在路上，一臉稚氣未脫，倒似一張小孩的臉套在小大人身上。

自從上中學，開始有自己的交通工具，生活從此擴大，有能力踩腳車抵達的地方都是活動範圍。我記得，那時我開始建構自己的生活地圖。從家裡出發，左邊、右邊、左邊，十分鐘之內，置身小鎮的核心地帶 。左邊座落鎮上唯一一間天主教堂，菱形屋頂，階下站著緊抱小耶穌的聖母瑪莉亞。右方總有停不了的車子一輛接一輛經過，而我屏住鼻息等待偶爾難得的空隙，讓我鑽過去，真正進入「巴剎」的範圍。那時候，這地方就叫 「交通圈」，是詩巫那時候最大的交通圈。

過了交通圈，直走可到面向拉讓江，作為「拍拖」代名詞的江濱公園。若往右下角走，可以順序穿越巴拉路（Pedada Road）、和平路（Hoe Ping Road）、夏廷路（Hardin Walk）、福州街（Foochow Road）、中華路（TiongHua Road）、華僑路（Hua Kiew Road），直通最長的布律克（Brooke Drive）。我伯父住夏廷路，過年到他家拜年，一定可以吃到他的阿波羅冰廠的霜淇淋。我姑姑住福州街，去她家玩，常吃到她做的「蛋燕」，燕菜上面一層白白的泡沫，只有在姑姑家才吃得到。

我每天的路線總往右上角走。「林子明文化館」就在不遠，那是一間我借到最多華文書的圖書館，裡面有市面從未見過的「西馬」報紙和香港雜誌。再往前就看到「砂勞越大廈」——鎮上唯一的購物中心，底樓有賣文具和課本的中華書店，角頭間有好吃的、兩毛錢的「國清」霜淇淋。二樓另有一間賣「新潮」雜誌的「青年書報社」，三樓則是「京都戲院」，劉文正曾來唱過歌。再往前就是交通燈。拐左可以到中街（Central）、諧街（High Street）、馬克律（Market Road)，通到底直達鑲有漂亮綠黃紫玻璃窗的愛蓮街（Island Road）教堂。

我總是直走，看到郵政局，就把腳車擱黃乃裳路（Wong Nai Siong Road）邊，上去寄信給筆友。繼續往前，右邊就是鎮上唯一的回教堂，一棟單層綠白木屋。再彎右就是慣稱女皇道，路牌上寫的卻是冗長的「敦阿班哈志奧本路」（Jalan Tun Abang Haji Openg），我的學校「衛理中學」就在路旁。每天早上，我穿著藍白背心校裙順方向騎腳車上課，中午下課，逆方向騎回家。下午穿著球衣短褲，再順方向騎到學校練乒乓，直到傍晚，昏紅晚霞裡、燕子呢喃中，再一次騎回家。

不知不覺，我的背心校裙已經換成半截裙。

第三個人影齊肩直髮掛著瀏海，正把東西拼命塞進行李箱，甚麼都想帶走。背包放著馬來亞大學入學通知信、一張大大的X光片，以及，一袋在吉隆玻吃不到的光餅。媽媽一直看著我，收拾好了嗎？吃了麵線喝了雞湯才出門啊。爸爸在樓下已經開動車子引擎。

我看著臉圓圓眼睛圓圓的自己拎著行李，蹬蹬蹬走下二十多層木梯。電話嘀鈴鈴在屋裡響起，姐姐問接不接，我頭也不回直搖，不管是誰，告訴他我現在沒空。我頭也不回地坐進車廂，直赴飛機場，第一次離開我的家，第一次去「西馬」。

我那時沒有回頭看最後一眼，否則，我就會看到三個依依不捨的自己，在森林邊門牌42號的大木屋前拼命向我揮手。

和解

我盤著腿，企圖把昨天的自己，此刻之前的自己清空。我希望我只是存在，而不是生活，在此時此地，在靜靜安坐的三十分鐘。我不必知道甚麼是涅盤，也不想探究永生。我是一座石頭，重量黏在地上，我不要感覺自己。我連想著有沒有在感覺自己都不要……

好幾天了。時鐘轉一圈，經過原點，再轉一圈，又回到原點。據說孔子在大水之上喟嘆，逝者如斯乎，不捨晝夜。希拉克羅底發現每一條河流都是無以重複的曾經。傳說印度次大陸相信輪迴的人們卻認為時間是個大圓圈，開始就在結束裡面，結束就是開始之初。

我從CD冊取出魯賓斯坦錄製的蕭邦。我並不專心地聽，直到即興幻想曲流曳而出，像一個任性忘情的孩子，激烈向前奔跑的飛快節奏，從老人的手指和空氣間撞擊生發，我也開始隨著鋼琴清脆的音節奔馳。

这段音乐的记忆和总是顶着男仔头的美龄和无数枯坐课室准备考试的下午和窗外一片绿油油的辽阔足球场连在一起。

那是十五六岁豆蔻年华，下课后穿著短裙T shirt、白袜白鞋的日子。我们自动自发背着书包去而复返学校，除了书本，心中有一种莫名的隐约期待，像是心口一点痒，脸颊发烫。有时不期然看到喜欢的男生和另一个女同学在一起，忽遭一阵电击，继而心底重重一沉。

那么难以捉摸的下午，从校长的宿舍总传来琴音，那是美龄的十指在琴键上飞跃跳弹的速度。

聽說魯賓斯坦側聞霍洛維茲彈奏的拉赫曼尼諾夫D小調協奏曲教聽者大為傾倒，競爭之心頓起。我從CD冊也取出霍洛維茲錄製的拉赫曼尼諾夫。我決定挑釁地、交替著播放魯霍二氏的鋼琴錄音CD……拉赫曼尼諾夫的協奏曲始於散步似的步履，接著逐漸攀登……飛揚……驟停……；沉潛……再飛……輕快……

我坐在書桌前，等待一種模糊的準確感覺。我還未決定選哪一個題目、如何進行，當然也沒有擬定大綱。朱光潛說文學作品的形式和作者內在的情趣、境界和音律有直接的關係。蘇珊蘭格說情感決定了形式。更多人說，當一部作品完成，作者就死了。作為作者，我這當下還好好活著。

等待一種模糊的準確感覺，這是一個過程，也是一個不可言喻的儀式。我旋開向天張開如大口的盤形柱燈，把天花板的白色長燈熄了，剎時，昏黃燈光擴充一室的明亮。我扭開桌燈，關掉盤形柱燈，黑暗中只剩一個小而圓的舞台，那聚焦在木桌上的燈光。

童年的我常常躲在壁橱里，不是全然昏暗的橱，是一个曾经被正值青春期的哥哥，在暴怒的时候，使用充满力气的拳头打出一个洞的软木橱。因着那个哥哥的武力和威吓的证据，从此，有一线日光就会以笔直的线条射入。

木橱里收藏各式各样圆筒大糖罐、长方形巧克力盒子，里头有透明塑料烧成的红橙黄绿蓝靛紫动物鱼虾、穿比基尼的纸娃娃和她许多的公主装、幼儿园时期初练习写字的本子。我喜欢把它们一个个拿出来，就着微弱的光玩赏。

后来我的身体长了，蹲在橱里变得十分勉强。

我沒有把握可以在桌邊坐多久。如果我的肩膀開始痛，或者我的背和腰感覺僵硬就必須停止。是的。我的書寫取自我的思想，而我的思想受制於我的身體。我們都曾經相信，寧可做一個痛苦的人，不願做一隻快樂的豬。我們蔑視膚淺，追求深度。膚淺，皮膚那麼淺薄。而當生命的爪牙探入深度，深入肺部、心臟、腸道、神經、記憶……我們不禁喊痛，渴望暫停。我們開始對那個自出生就在陽光下拖著影子跟在我們清高靈魂後面的傢伙客氣起來。

那是不曾预告的访客，在青春的末期来到。他先是试探式地按住我一边的太阳穴，约莫半小时后就放开。一两天来这么一次。过不久他就天天带着铁锤来，以无形之手狙击一边头部，狂搅肠胃，直至腹部仅剩汁液，全身力量褪尽，冰冷、昏暗，仅仅留下存在的感觉。如此朝夕相伴许久，一天他忽然不告而别，待发现他离去已不知何时。如此每隔几年来来去去，不由对此不速之客兴起戒备的敬畏之心。特别是在书写的时候，我下意识总防备着他打扰。

我還不知道我將用手書寫，還是直接把字打在電腦的螢幕。我還在探測我的思緒適合握筆的手還是彈指的節奏。寫過的事不易忘記，顯見手指有記憶。有時打字，睜眼想不起字母在哪裡，閉上眼睛手指憑直覺就敲出了字。一些朋友已經離開手工造字業許久，寫作意味對著電腦，機械與人一體書寫，缺一不可。

如果用手寫，我大約使用簡繁體文字加上英文單字繁簡華洋雜陳。如果選擇打字，我不知道我會用簡體繁體明體或是楷體，因為這將影響我視覺所及產生的感覺，而感覺將導引我的思緒。

意識流心理學家說，我們的體驗有的是初次，有的感到熟悉，似乎曾經有過，但卻無法說出它是甚麼，或者於何時何地體驗過。

事實看來確實如此。書寫，或者說企圖書寫成了一種在思想上流放、離散的過程，經歷思想和身份的迷惑、追索，甚至斷裂。

老實說，我還真想離開位子，斜躺在床上，一動不動盯著銀幕看我新買的DVD。那種靜止的時光，畢生努力工作後，可以毫無愧疚享有的時刻，不事生產無罪的時刻。我承認當讀者比當作者有趣多，也自由多了。福樓拜因為要保留他寫一本小說的驅力，忍著不敢做愛。我因為想當作家的超我監控，端坐在方圓之內垂釣靈光，除了洗手間和廚房，哪裡也去不成。朋友好不容易排隊買了香港歌神演唱會的票請我一塊去，我口是心非推了，男友建議週末吃墨西哥大餐，我搖搖頭不答應，寧願在家啃最簡單的麵包。自禁在租來的斗室裡，有一點寂寞、有一點睏，忍著不敢睡覺。

有一些事物，在时间的有无之间，从建立走向崩毁；另一些事物，在时间的倒数中慢慢缝愈。记忆、感情、荷尔蒙、或者你叫它为激素，这些都曾经发生，像潮水在岁月里高涨，又如退潮消褪净尽，并没有在空气中留下痕迹和证据。

我无法确切的掌握，我是从一个那么小的躯体走过来的。当曾经的伙伴完全不再见面，妳已记不得那些发生在上一个世纪的陈年往事，妳说过的话，妳情感的起伏。要如何证明，妳曾经也渴望、疯狂、热烈地活过……

那些日记本里，有关初次心底抽搐、痹痛、感觉潮湿的文字，对我已经陌异。那是初恋吗？谁可以说明？字体已经不是我可以再造的形，那情感是我已无法体会的种类。这些都是我已无法印证的，也许是真实，也许是想象，到如今都半真半假。半真半假的感情，不知道是否正确。

我曾在沐浴之时目睹自己的身体变形。那底层有两片陌生而神秘的柔软翻出而生长，像花蕾从闭塞的花苞悄悄现身曝光。偶尔渗着香皂泡沫洗涤，不经意从神经深处传来一种痉挛，

我因此感到奇怪的羞涩和紧张。那是我迄今不曾张扬，无法言说的秘密。我也发现上衣越来越紧，我开始渐渐长成杂志上的女体。但我不敢逼视，仿佛那是一种亵渎。我的身体是自己的，但我不敢惊动她。

生命是奇怪的。時間慢吞吞爬行，仿彿永遠佇立，這一分鐘和下一分鐘沒有區別。一晃眼，一個小女孩長成女人，一晃眼，女人的眼開始長出魚紋，這些都是嚇人的驚奇。身體在無聲的狀態下進行拉長，補充筋肉，突變，然後固定凹凸的形狀，當一切成為眼前

的事實後，以鐵證如山的頑固揮之不去。青春痘或水痘的疤痕，不知不覺依附表皮的斑斑點點，以及，某些突然的消失。

那个身体，少时和我一起嬉戏，小男孩似的中性躯体。一个长假不见，再相遇之时，我目睹她站立面前，像是忽然变成一个典型的雌性生物，然后火速恋爱，结婚，分裂繁衍，成为母亲。而上一回归乡，我看到她的形体重回一个小男孩的样式，传说中的癌细胞刚刚切除。我看着她，一样的走路姿态，脸部轮廓清秀依旧，皮肤上的疤痕和心灵的记忆，却是我无法进入的私密领地。她虚弱低语，很痛，很失落。我努力想象，不肯定是像偏头痛那么痛，还是像失恋那么失落。

愛。做愛。

如何確定在愛，或者被愛。有了年紀之後，發現荷爾蒙，或者你說的激素的作用那麼短暫。激情過後，戀愛是憑記憶還是想像，或者竟是大夢一場，已經無從追究。如果愛的感覺可以忘記，那麼愛有證據嗎？那些興奮、瘋狂、激動、狂喜、痙攣、平靜，沒有發生就不存在。

那座島上有一個黑衣詩人說過，如果有人告訴你，我這一生寫的詩都是開玩笑的，你不要當真，你怎麼辦？

同一座島上，那個秀美的詩人著書執言，我一個人記住就好。

當孤島組成群島，島還是一座孤島

那個寫過一本叫做《一個人的聖經》的小說的人，說他是他自己的讀者……

也許，我們都在和自己的感覺做愛。所以這個時代流行著流浪式地戀愛，我們從一座床睡到另一座床，不變的是那個在時間裡永遠的自己。

教了一辈子文学的老教授在退休之后出了一本书，前言谈到「教文学」，自叹独白式的「讨论」千古绝唱，「教」到所谓艰深的作品时，感叹希望在时光隧道里等二十年再进行讨论。

喝了一杯咖啡或酒，寫還是不寫，咖啡因和酒精的效果不一樣，你的選擇就不只是一杯飲料。

你的教授对年轻的你转述过一个干涩的笑话。那时候教授和同伴都年轻，每天不只写作，还印诗搬书，身体力行。有一天，一个伙伴气急败坏跑来，上气不接下气地说，「你相信吗？世界上竟然有人一首诗都没看过却活得好好的！」结果那位作家一辈子经营出版社，延续了写书、印书，搬书的状态，和「一首诗都没看过」的那些人一起在地球上变老。

那些书写的时光，老僧入定般的存在状态，以生命换取文字，活在自己的房间，自己的意识，自己的时间里。

生活的繁簡，按自己的感性和理性對話展開。邊緣與中心，每一個點都可以是妳自己宇宙的起點。每日，在清醒後靜坐，妳是妳自己的肉身菩薩。世界在妳裡面開始了自轉和公轉，以日出為始，日落為終。

是你出生就长在臀上的痣、走路磨出的针眼、图书馆梯口跌倒结在额头的痂，还有，车祸中被钢铁车身碰撞后，在大腿留下的巴掌大暗红伤痕、时时复发使你必须曲膝躺下的腰疼，证实你曾经历这么多。她仍然形影不离陪伴妳。

此刻妳注视桌面，看到思想和身体的若即若离，犹疑跳跃间，那么瞩目的、因捏笔而扭曲的中指，带给妳无数快乐的中指，这一切，身体都知道。

第一口井

這是一條名副其實的大學路。

沿著大學路，首先，藍天白雲的覆蓋下出現這個國家的第一間大學—— 英殖民地時代即已成立，爾後伴隨這片大地邁入獨立時代的國立馬來亞大學。高聳的牌摟已經成了這一帶的重要標誌，那是這間大學的八打靈校門，它見證過無數國內學者們年輕時的容顏與夢想。車子繼續蜿蜒而行，繞過肅立時鐘的小交通圈，那不遠處的右邊，便是吸納了許多國際學生的—— 國立回教大學，一間許多人熟知名字，但不曾親身經歷的校園。

緊接著，當大路兩邊的街樹朝空中並攏，極有默契地塑造出一道雄偉的拱門，在交通中奔馳已久的學生、或是送孩子上課的父母們，他們的心情在濃蔭中自然地逐漸輕鬆起來，仿彿，他們已經掠過這翠綠的第一道校門，開始進入那間以國父之名建立的大學範圍。

這是一棟以藍白為主調的建築物，和晴朗的天空一樣。

越過眾多穿戴藍色制服的警衛們的注視，左邊的一道落地玻璃門，就是讓人們正式步入這所大學的一扇門。從這扇門走進去以後，熱鬧的談話氛圍和學子們的活絡氣息往往撲面而來，和走道一起擁簇每一個路過的師生，直至他們打開盡頭的另一扇黑色落地玻璃門為止。另一幅截然不同的景象也就從這兒展開。

一個沒有標示字眼的空間，眼目所及之處但是白淨的油漆、墨綠而篤定的植物，以及，日光。東邊是教授講師們的研究室，西邊是學生事務處，南面有著電腦實驗講堂，遙遙相對的北面則是男女洗手間，楚河漢界背靠背而建。這是一個四合院的結構。燦爛的陽光從上空撒下來，為步入這四合院中央的人影描繪他們的剪影。風掀動盛裝年輕軀體的布料，也撩動那三兩株佇立中庭的闊葉植物，一個立體的舞台，就這麼地，在不經意間悄悄搭了起來。

那一座飲水機稍微靠北，因著人群時不時從四面八方趨近，以它為中心形成一個流動的輻射圖案，於是，它儼然成了一口舉足輕重的水井。來自馬來西亞不同角落的每一個學生都知道，不管那一天早上來，任何一個口渴的時候，他們可以帶著他們的空礦泉水瓶，走來四合院的這個中庭，朝這口活井斟上一瓶乾淨清甜的好水。

北面有一塊空地，介於水井和洗手間的位置，常常有學生神奇地不知從哪推出一台乒乓桌，齊心協力一字攤開，四合院的一角就變出一個露天球場。來自東南西北原本互不認識的孩子們輪流上陣，風拂過他們年輕的臉頰，在炎炎的熱帶氣候中、課與課的隙縫裡，他們慧猾地為自己捕捉一絲輕巧的動感。小小的橙球在球拍的膠片和膠片之間有靈犀地滾動，或急速上旋、或沉著下旋，偶爾「啪答」一記清脆的扣殺，場邊數聲喝彩驚呼，一看「殺手」是個頭戴鴨舌帽的短髮女生，據說曾是某大州的少年國手，也來到這間四合院求學。學生們打了一會兒球，約莫出了汗，也累了，把拍子擱在桌上，才一轉眼，人已伏在水井上方大口大口暢飲噴湧而出的井水，飲罷往臉兒洗一把，宛若自家的浴室般地自在。午休時間一過，學生遂把乒乓桌折合、推走，背起書包回到課堂上課，水井邊的人潮按不同的輕緩節奏各自散去。

那口水井的金屬井身在陽光照耀之下一閃一閃，兀自守望這一片午後的空曠和寧靜，與闊葉樹一起構成一種無為的姿態，以矛盾的和諧自成一道景觀。

季候風不甘寂寞，繼續調戲院子裡柳裙般的樹葉，空氣也因而蹁躚起來，在婆娑孋孋的明暗恍動間，日光的投影居然在鋼骨水泥的地面鋪呈出一層水漾的線條。在這樣的一個時刻，倘若，或者冷不防地，一個穿著淺色碎花布的女生悠悠然打東邊的通道走過，撞進這幅水彩裡，那麼，整個畫面就更教人溫柔起來，這場景就順理成了公園一隅，一段迴廊。

白花花的赤道艷陽在日午的過度中漸漸沉澱，為著暗示學生們一天的課程即將告一段落，金黃的光度慢慢減弱，夕陽的餘輝也開始緊湊地佈置現場，為一日當中最後的那一幕準備佈景。打在四合院舞台上的燈光慢慢傾斜、偏西，在和煦而安靜的燈光中，放學的學生可以向彼此告別，互道明日再見。

我看到一個、兩個、三個，越來越多的孩子從課堂鑽出來，極有默契地復以人形輻射狀，向那口井趨近。一瓶、一瓶，又一瓶，每一張從井邊裝了水、轉過身的臉孔，都綻開了純粹而輕鬆的笑容，一種入世、平和的，生活化的從容與快樂。

「老師，還沒回家？」定睛一看，那幾個剛在水井邊喝了個飽，筆直向我走來的可愛笑臉竟是相熟的課上學生。在課堂以外，黃昏的霞光中，孩子們顯得更生動，一種充滿水份的清新。

「我在看那口井。很特別的一口井。」我不禁微笑起來。

「哪一口井？」不假思索，天真而熱情的口吻。我看到星星在他們的眼眸裡，只等待天色變換，就要躍上天際。

「你們每天喝的那口井。」井水已進入他們體內、他們的思想、他們的感情的，那一口井。

次日回到學校，湊巧看到工友搬來一台嶄新的銀色飲水機，不卑不亢地，進駐四合院的另一個角落。

我拾步到講堂，還未及坐定，學生已迫不及待開口：

「老師，妳看到嗎？今天我們又多了一口井呢！」

沉香的日子

買燈記・之一

一直都喜歡明亮的感覺，尤喜歡那種一室的昏暗中，角落一盞靜靜的光暈，毫不靦腆地散發柔軟的光芒，把居家的人包裹其中，感到簡單而素樸。哪裡有一個這樣的小角落，我就可以把心安放，在那裡舒展自己的身體，與情感，我與自己在一起，世界在裡面，我的脈搏如小河，輕輕的律動……

二〇〇四，十二月，日落時分，忽然渴望一種新的亮光，一盞新的桌燈吧！這是一己力量可以掌握的光源。那家販賣光明的店就在我的窗外，隔一條大街。又是集體交通阻塞的時刻，行人正好可以從汽車的隙縫間穿過，我從八樓的窗俯看外面的世界，心中對自己這麼說。

上半身披著蝴蝶袖，花邊衣擺的橘色上衣，下半身掛著魚尾黑底白斑長裙，我在街道的一邊張望，注視對街燈飾店的櫥窗，等待過路的適當時機。一陣呼囂的摩托車聲疾速衝來，少於五秒，來不及思考了，我閉上眼，暗忖來不及說再見，蠻橫的劇痛直直撞入，一切仿佛飛散……

「一個穿著魚尾的女人臥在馬路上，車輛在她身旁經過。」

相處

開學了，學生在大學的過渡期校園來回穿行。

六十九張面孔，少了一張，那個提早向生命告別的孩子，從四樓躍下，一場孤注一擲的空間跨越，離開之前，應該很痛吧？沒有人知道。她如願從這個世界消失，了無痕跡，她整個軀體與地面的碰撞，也已經被時間過濾成靜音……

而六十八張臉孔，繼續上課，偶爾蹺課。我和你們，一二三四五，每天見面，至少一次，或者兩次，見情人都沒那麼多。有人說，「我愛你」天天掛在嘴上就會失靈，那，每天見面會不會變得情感遲鈍？你們不知道，穿著蠟染藍白長袍的我，有時會在踏入講堂前異想著，今天，我在你們面前，會是一個老師、一個姐姐，還是一台組裝精妙的有聲機器？

沉香的記憶

和你們相處的日子，我開始喜歡沉香的味道，那種古老的，安靜而委婉的氣息，時間仿佛緩慢了，宛若穿著布鞋的腳，悠閒的散步……

每一天早晨醒來，我輕巧地梳理我的長髮，挑一件最心情的衣裳，踩著矯健的步履去見你們，並沒有忘記在出門前，旋開我的沉香瓶子，用我的食指印上兩滴沉香，一印在我的後頸，二印在我的手心。

和你們在一起，是我授課的第四個學期，心情微醺，記憶漸次地沉香。

像個母親

我記得，學期初與學期末總是一種對比，青春的你們，在第一堂課上的生澀，是一種蓄銳待發的潛伏，像是賽跑的運動員在起跑線上弓著身，等待箭一般射出。因此，我知道，你們的靜默是一種必要的偽裝，而已。我不必翻窗進入你們的學生屋聆聽，也可以想見，你們在課堂外是多麼的生龍活虎。

可你們的情緒是會變化的。每一堂課都是一場理性與感性的交加鍾煉。學期過了一半，你們的臉還是一樣，青春痘沒再增加，表情卻漸漸內斂了，深沉了，偶爾還出現一抹一閃而過的憂思、哀愁，或同情。

我覺得你們長大了，慢慢甩落毛躁的稚嫩尾巴，不再是毛頭丫頭。我看起來恆常，是不再年少，仍未衰微的人生階段，面對你們，我的心偶爾歡欣或抽搐如母親，我覺得自己裡面開始有了一點年紀，像一個母親。

買燈記·之二

最後一課，十四堂課的最後一小時。覆蓋綠色罌粟花的包裝紙下，藏著一個你們叫我「猜一猜」的秘密禮物。我覺得教書是我的本份，你們卻要犒賞我，送我一份禮物，告訴我：做得好啊！

在一個人的自己的房間，我好奇地小心揭開，你們送來的神秘盒子，頓時滿室生輝——一盞S形紙燈，搖曳生姿地放光。

我笑了，像個擦亮一根火柴的小孩。

「窗下，人魚般在街道上受傷的女人醒了過來。」

記憶三束

等待

你們一定還記得，第一天上課，你們都要寫「文學與我」，以及「我的自述」；其實，那樣的題目，即便教了一輩子文學的教授來寫，也都是一個難題。我說，你們自由發揮，可以是一個字，也可以好幾千字。

你們都寫了，幾行、半頁、十多頁，手寫的、可愛誠實的筆跡，打字的，工整認真的。我鄭重地在每一張白紙釘個漂亮的孔，用線把它們紮好，放在有綠色植物的櫃子，靜靜躺著。

靜靜躺著，年輕的你們寫給自己的信，封緘著熾熱的情感和渴望，和迷惘。那是等待時光兌現的允諾之書，像童話裡吃了蘋果睡著的白雪公主，靜靜躺著，等待多年以後的自己回首，喚醒，並且驚訝，原來我們都是自己的王子。

而這樣的冬夜，我恢復了旅人的身份，穿著緊身黑衣黑褲皮革外套長靴，在歐洲的城市，一個人在粗石鋪成的古老街道走著，冷冷的風迎面吹來，陌生又熟悉。我想起了你們，在此刻的倫敦，離西敏寺不遠的街頭轉彎處。兩年前的那個學期，我每天左手抱著書，右手捧著繪有紫色非洲雛菊的杯子，越過那片綠油油的草坪，走到B棟地下講堂給你們上課，那些記憶的畫面，又遠又近，在此刻，在我眼前恍惚起來。

雪花的記憶

這是冷的季節，冰天雪地，偶爾天際透露一抹淺淺陽光，我便就著那溫度來揣想我的熱帶記憶，揣想著快要畢業的你們，揣想，我要對你們說些甚麼。

我猜，我大約知道你們這些日子經歷了哪些事物。不信？我數給你們聽。你們曾經希望、也曾經失望、快樂過、哭過、愛過、珍惜過、受過傷，並且決定原諒，或者，任性過、後悔過、執著過，也學會了釋然。你們繼續在陽光下行走、笑鬧、繼續面對未來，年輕的臉龐看不出傷痕。

想起你們，讓我的冬天變溫暖了。雪花在空中飛揚，飛揚，夾雜著你們充滿活力的嗓子，在無邊無際的雪白裡顯得特別響亮。小燕子，駱駝，Alex……你們喊著彼此……哪裡誰又吹起了笛聲，仿彿可解抑不可解……

在你們畢業前的最後長假，我再一次告別了熱帶，這一次，我繼續北行，進入更寒冷的冬季。就要進入三月，遠方捎來你們的訊息，你們正在寫畢業論文，也在籌備畢業刊，希望我給你們寫一篇文章，對你們說一些話。

我想起原本跟著我寫論文的幾個孩子，突然想起去年年底，陪你們討論論文的方向和架構，你們年輕充滿憧憬的臉。想起一起搞出版的孩子。想起愛唱歌、愛藝術的你們。想起善感、獨特的每一個你們。

突然想起你們的臉，你們最初寫給文學、寫給自己的信（你們稱之為功課），不知道你們還記不記得自己寫了甚麼。

未了的事

這樣的時刻，該說些甚麼。或許你們終要理解，有些事只能等待時光，對多年以後的自己說。

而告別是必要的。生命是一連串的告別。學會別離，你就學會相聚。

記得第一次上課對文學、對自己的剖白嗎，那個倔強、純真、決心單挑未來的自己。多年以後，那個人還在不在，只有時間知道，那是自己，也是你自己的陌生人。

寫於二〇〇六年冬末春初，泰晤士河畔

回首

之一：五五一二

你們是讓日子開始漫延的那一屆，也是我每天左手端著非洲菊瓷杯、右手抱著一疊書，踩過一大片草坪走進地下室上課的那一屆，龐然大物。你們稱自己「五五一二」，五十五個女生和十二個男生，畢業的時候再產生五對有情人，當然，或者更多。

二〇〇五年底，我出走的時候，你們急急忙忙趕論文、匆匆畢業了；我隔了三個季節回來，你們已經作鳥獸散，四佈馬來西亞各地當社會新鮮人去。

SC和PY、PS、JY、SK等入讀碩士班，仍然駐守大學，一起經營「漫延書房」。相見兩望，仿彿多年不見，又好似昨天才坐著和你們一起談「漫延」，談如何漫延。

二〇〇六年的夏末，我回到馬來西亞，握著「漫延書房」印出來的中文系文學年刊「蔓苑」和5512畢業刊，以及學生們留給我紀念的5512淺藍T-shirt班服，心中不禁輕嘆，啊！都畢業了。

之二：重逢

生活在北方，經歷了風雪、寂靜與歸零，我，回來了。

回來卻是送你們遠行。你們，經歷了成長，準備再次出發，到未知的遠方、未知的未來的，你們。

這樣的重逢顯得那麼意味深長，因為，此去，也許經年。

謝師宴，即將畢業的你們一起辦的最後一場飯局，時光在剎那駐足，回望。我知道此情此景可一不可再，凝望你們的青春笑靨，別是一番滋味在心頭。

你們一起回望，我用相機為你們記錄了那一刻，大學生涯的最後回眸。

一年前接下「漫延」主編工作的柳絮向我走來，把放著厚厚一疊A4紙對折、整整齊齊的「漫延」袋子交到我手中，我低頭透過紙袋望進去，知道裡面躺著的是充滿記憶的離別日子。

此後，你們之間，我們之間，有的將是一次又一次瞬間而美麗的，重逢。

之三：六十八張面孔

是啊，你們還走在路上，還未拐入嘛嘛街，已經在喊我「老師」了！

一月的第一個星期二早晨，我又在八打靈醒來。時差尚未消失，我揉揉眼，打開衣櫃，取出擱置了一年的蠟染旗袍穿上，背上黑色大手袋，蹬蹬蹬走下木梯，出門前往大學。

我去系辦公室領取你們的名單、「比較文學」和「文學創作」的授課時間表、一個褐色大信封，裝著Marker Pen和板擦，是啊，這些道具，我領了，彷彿領回舊有的記憶。我提著寬長的藍色印花裙襬，踩著還遺留在北國的緩慢節奏，以及疑似誤闖時空的恍惚，輾轉抵達PH棟地下004室。

站在六十多張面孔前，我以彷彿只是出去散步一圈的心情想著：

噢，是啊，我回來了！

其他

嘛嘛街的歲月就這樣開始了。學生們經過Mamak檔上課、下課……我行走其中，迎著熟悉的笑容、疑惑的表情……

「老師，妳怎麼在這裡？妳回來啦？」

……

「這個老師是誰？」

……

夏
23.6.00

後記：給詩的孩子

終於，這回我攤開稿紙，寫的是給我的土地的情書。

我隔著遼闊而湛藍的太平洋，探索著溫度的差距，用文字觸摸你，我故鄉的泥土。

文字是外來的，而我身處的冬天不屬於你。

可我是你孕育的，你記得嗎？

那個廿多年前，一個人在黃昏的霞光中對著兩根空柱子跳繩的孩子，在你厚實的支撐之上努力掙脫地心引力的羈絆，以有限的肌肉和力度挑戰著侷限和未知。

是的是的，那是我呀！那個在家園的如茵綠草上奔跑而雙腿渾圓，那個瞞著母親衝進午後雷陣雨、享受皮膚麻疼感覺的娃娃，那個因曝曬在艷陽下臉龐發紅，汗珠小噴泉般密密麻麻從鼻尖鑽出，身上散發一股讓人又好氣又好笑的甜膩汗酸味的小女孩兒……

她長大了。正在一棟座落在一棵遍紅的杉樹旁的宿舍裡，想念你，和你的種種。

這一個農曆新年，我沒有回到你身邊，陪伴我的是宿舍中庭那株過氣的聖誕樹，和一隻懶洋洋、有點寂寞而老在睡覺的小狗。可是你卻在我腦海中清晰起來，真的。

如果我現在就在你的胸膛之上，我幾乎可以準確地描述出我自己的位置，我腳掌移動的觸覺，我的手臂因風拂過而微顫，我的嗅覺因草的青澀而純粹，我的耳被鳥兒天真的聒噪逗笑，我的眼眸被無盡的視野牽引而成熟……

你好嗎？
一切都好嗎？
這是我心底最深沉的呢喃。
拉讓江的堤岸最近是否漲潮？
清晨五點多的朝陽
是否仍向東方塗滿色彩？
孩童們都準時穿上深藍和白色的
校服或者是生氣勃勃的蔚藍背心裙嗎？
市中心的商店
是不是將陸陸續續推開鐵門
打開一扇又一扇的窗戶？
午後的暖風
還會不會在瞬間把人薰得昏昏欲睡？
打鐵街暮色中的燕子還歌唱麼？
夜晚的天際
是否依舊黑得深情？
星星，因幸福而發亮……

我永遠的夏天，我的土地，別笑我太愛吟詩、太多情。你豈不知道，這一片光影聲色，在我廿之前，就那麼靜靜站著，佇立成我抽芽歲月的風景，以綠的主調。

因為你，我忽然明白，為甚麼傳說中最美的距離是兩岸。

原來，在時光的長河中，你是我生命裡最原始的綠的倒影；而我，是創世者置放在你心口的一顆種子，從羞澀漸漸長成勇敢。

距離的消失，不是因為冬天已逝，杜鵑花開得迷人，你熾熱的盛夏跫音將近，而是，在太平洋之涯的對岸，我終於明明白白，我愛你。

編後記

她

這些文字既陌生又熟悉，在編輯過程反復閱讀，腦海掠過一陣陣淋濕的心情和擊鼓似的疼痛。那雙純真的眼神，和她筆下拙朴勇敢的誠實，教我不敢逼視。

我太瞭解她。可此刻我竟然離她那麼遠，原始森林邊高腳大木屋裡長大的孩子，在掘不出但丁、莎士比亞，只有蜈蚣，蚯蚓，蟲蟻的婆羅洲大島土地上，嚮往著模糊而不確定的文學之路。

如今我回頭望她，看穿她呈現的無非類原住民的原始激情和天真，跡近口述歷史。憑著從小學到中學，在小鎮被老師同學視為「很會寫文章」，就不知天高地厚將生命的顫抖和痙攣塗寫紙上，換取片刻狂喜的向度。

仿佛偷窺一個秘密。我看著她從一個椰殼頭小孩長成披掛黑色瀑布的少女，小腿變得玲瓏有致，大腿變得渾圓，她的雙眸開始易感而多情，一種讓人怦然心動卻也不安的徵兆。

我看著她開始瘋狂讀詩，忘我追蹤詩的跫音。

我看著她一次又一次背負二十多公斤那些已逝魂靈的重量，從書店快樂又辛苦地負重跋涉，只能眼睜睜看她承受皮肉之苦，卻無法遏止她。

我眼見她被亞里斯多德誘拐，卻做不了甚麼……

我和她一樣沒有經驗，也渴望在生命中熱烈愛過，活過。

我能為她做的，也許只是，把她的勞作象徵式地付梓；或許這也不是我做的，而是她故鄉的樹和她一起完成的。

P.S

當然，

要謝謝慶旺大哥為我提供了一張獨特的封面畫。

我是碎步遲來的人，女人的身體，頂著孩子似的面目，在星座圓桌空隙處，拉了一張小凳子，攏一攏身上柔軟的紗籠，靜靜坐下，手裡羞澀捏著一盞隨風晃動的土油燈，仰臉觀望當年大哥哥大姐姐們部署星圖。

謝謝歐陽江河，詩人書法為書憑添詩意。

謝謝敬愛的顧彬教授為我寫序。老師，我多麼珍惜你。

附錄（一）

【人物表】

林芝	林家長女、個性倔強、廿歲左右。（簡稱芝）
阿倫・巴都	伊班青年、有修養、志氣高。林芝之男友。（簡稱倫）（Alam Batu）
林文良（林父）	五十開外，民族偏見很強。（簡稱父）
蘇玉芳（林母）	五十開外，舊式女人，愛女心切。（簡稱母）
林蘭	林芝之妹，開朗，十八歲左右。
甲、乙	通知林家林芝遇車禍，進醫院。
丙、丁	兩個送林芝進醫院的土著。

其他人物有黑人、一個伊班小女孩（倫與芝之女）、一個黑人小男孩（蘭與黑人之子），以及一些在街上的行人。

〔第一幕〕新學校

△一陣急促的腳步聲，穿著白衣藍半截裙的林芝走出來。

父：（望她一眼）快來吃點熱的吧！

芝：（略停下來）噢！不了！我來不及了！（又繼續往外走）

父：（掏錢包）帶點錢去學校買點心？

芝：（猶豫一下）我看今天只是去報到而已，很快便回家，回來再吃好了。（頓了頓）我走啦！（轉向母親）媽，再見！

母：路上小心啊！（愛憐地望著芝的背影）

（幕關。林芝從旁邊出來。角落有一位皮膚黝黑的男生在查他的記事本。）

△林芝探頭探腦，又望一眼手錶，似乎不知何去何從。忽然，她發現那位男生，如獲救星，趨前……

芝：Tahukah anda dimana kelas tingkatan enam bawah?

倫：（指了指）Di bangunan itu.（笑）妳是從別校來的嗎？

芝：（驚奇、尷尬）噢……對不起！我還以為……（掩住嘴）哎！你很像馬來人啊！

倫：（不介意地又笑了笑）我不像華人嗎？

芝：（想解釋）驟看之下不會，但是……

倫：（止住她）好了好了！我的確不是華人，但也不是馬來人。我的名字是Alam Batu，華人同學都叫我阿倫。我是伊班人。

芝：（恍然明白）哦……哦……我姓林，單名一個芝。嗳，你的華語講得很標準嘛！自己學的？

倫：（輕輕搖一下頭）我自小受華文教育的。（笑）奇怪吧？（背起書包）走吧！帶妳去找課室。

芝：（有點不自然，想了想，似乎坦然了）好啊！謝謝你啦！（跟在倫後面走）

（輕鬆的校園音樂飄揚）

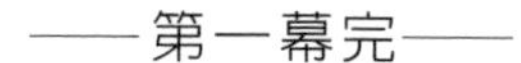

〔第二幕〕阻止

△林芝和阿倫穿著便服在街上走著，兩人都拿著書。

倫：芝，妳的數學題目做得怎樣？

芝：（蹙眉）有好幾題不會做，大概需要借你的來看！咦！對了！剛才從圖書館借的參考書要拿去複印嗎？

倫：（想了想）我看印了比較方便。不如現在就去吧！

芝：（點頭同意）

△忽然，意想不到地，林父、林母迎面走來。見到芝和倫，臉色大變。

父：（忍不住厲聲叫）阿芝！

母：（拉住林父的手，輕輕搖頭示意勿衝動）

父：（看林母一眼，強抑下怒氣，狠狠瞪倫一眼，轉向芝）妳給我快點回家！

（倫看看父，又看看母，莫名其妙；有點不安地望著林芝）

母：（看芝一眼，壓低聲音）沒事就別在外面逛太久。

△林父、林母走了。

倫：妳的父母啊？

芝：嗯！（滿腹心事似的）

倫：他們……好像不太高興妳和我在一起。（垂下頭）

芝：哎！沒有啦！可能因為我從來沒跟男孩子在一起，他們一時接受不來。我回家跟他們解釋一下就沒事了！

倫：解釋？（若有所思）

芝：（打斷他）哎！我看我先回去了！（指指參考書）這個你幫我複印一份吧！（說完，揮揮手，有點匆忙地走了。）

（阿倫怔怔地望著她離開，若有所失……滿懷心事地往另一個方向走。）

△此時幕開，現出林家客廳。蘭在讀書。

芝：（垂頭喪氣進來）

蘭：（望她一眼，繼續寫筆記）

芝：（呼一口氣，坐在沙發上）

蘭：（轉頭看她，放下筆，走過去坐在她旁邊）喂！發生甚麼事啦？

芝：唉！（不知從何說起）

蘭：（不出聲，等她講）

芝：唉！……我也不懂怎麼講……（搥一下沙發）總之……有事不對勁了！

蘭：（疑惑）哦？

芝：（用手蒙住頭）剛才……在街上遇到爸和媽……

蘭：（莫名其妙）那有甚麼奇怪？

芝：（放低聲音）我……正好和一位男同學在一起……

蘭：（睜大眼睛）甚——麼？（緊張）A！姐！是不是最近常打電話來的那位？

芝：（瞪蘭一眼）叫那麼大聲幹嘛？其實也沒甚麼啦！與男孩子在一起又有甚麼不對？還不是兩粒眼睛、一個鼻子、一個嘴巴！爸媽卻一副世界末日的模樣，害我恨不得爬進地洞！

蘭：（以一種新奇的眼光看著姐姐）妳還說呢！那不就是交男朋友了？爸媽不氣才怪哩！

芝：（不服氣）我都十九歲了，也有這資格了嘛！難道要等到二十九歲、三十九歲才有權利交異性朋友？

蘭：（被搶白一頓，傻了眼）可是……

△咯咯咯……門外皮鞋腳步聲傳進來。芝和蘭停止交談，面面相覷。芝更起身想回房間……

母：（放好鞋子）回來了？剛才那個是誰？

芝：同學。（硬著頭皮）

父：（神色凝重）他是哪一族人？

母：是啊！阿芝，看他皮膚火炭似的，番仔是不是？哎喲！妳怎麼跟這種人在一起呀？（氣急敗壞）

父：他真的是番仔？！（目光凌厲，加重語氣）你們很要好嗎？阿芝！妳書也唸到十號了，怎麼這樣沒頭腦？

蘭：（傻眼，看著父，又看看芝）

芝：我們唸同一班……他……很幫忙我……（不敢看父母）

母：唉！妳可以找其他女同學幫忙呀！為甚麼要領那種人的情？妳……妳是不是很常和他一起？還瞞住我們……翅膀硬了，自作主張了？妳還算是我的女兒嗎？（喘氣）

芝：（煩躁）你們不要再講了！我和他還沒到你們想像的地步啦！你們那麼緊張做甚麼？白擔心一場，人家知道還覺得滑稽呢！（煩惱地欲起身離開客廳）

父：（臉色稍緩）總之，以後少跟他來往！哼！那種人，天生壞心眼！門不當，戶不對！

母：阿芝，聽話，別讓妳爸操心。（拉拉芝的手）以後儘量疏遠他，嗯？

芝：唔。（別開臉，木無表情）

——第二幕完——

〔第三幕〕發展

△幕關著。芝在幕前走著，倫在後疾步趕上去。

倫：芝！等一等！芝！

芝：（佯裝沒聽見，繼續走）

倫：（跑到芝前頭截住她）

芝：（停一停，拐到旁邊，又繼續走）

倫：（叫起來）等一等！讓我把話說完好嗎？

芝：（又走幾步，終停下來）

倫：（欣喜，跑上去）芝！

芝：（無可奈何）說吧！

倫：為甚麼這幾個星期都不理我？我甚麼地方得罪妳了？

芝：（沒精打采）沒有啊！

倫：（仰天閉了閉眼，放輕聲音）為甚麼？告訴我啊！我一定會改的！

芝：（動容，瞬間，眉頭又鎖起來）

（此時一個男生經過，奇怪地望著他們，芝難為情地垂首抓緊書包。倫察覺，看那男生一眼，把芝拉到一邊）

倫：（注視芝許久）芝……妳知道嗎？第一眼看到妳，我就有一種很溫馨的感覺……這些日子以來，我……我是十分在乎妳的……我……哎！（搔了搔頭，很不自在）

芝：（也看著他，嘴角漸漸散出笑意……擴大……）

倫：（見她笑，十分高興，鼓起勇氣）一起走好嗎？

芝：（考慮了一會，點點頭，率先往前走）走吧！

倫：（趕上去和她並行，對她不知說了甚麼，兩人都笑了）

△幕開，客廳中，林芝抱著布娃娃在看信。信上寫著：「認識妳，是我人生一大收穫，我永遠都珍惜妳，和妳的情感……」林芝臉上泛出微笑……

蘭：（從後面悄悄走過，躲在芝背後片刻，然後走到芝旁邊，吟詩似……）我永遠都珍惜妳……嘖嘖，喲！（吟罷促狹地笑）

芝：（警覺起來，立刻把信倒轉一面）甚麼時候學得這麼沒禮貌？（有點氣憤）

蘭：（不介意地坐下來）妳呀，還好看到的是我，如果是爸媽妳就慘了！

芝：（變得沉默，片刻才說話）爸和媽根本是種族歧視，老認為別人是次等人種，番仔番仔的叫，簡直侮辱人！其實我們的種族中還不是有許多人渣……（越說越氣）

蘭：（帶笑）姐姐，妳為了他而忘本啊？

芝：（叫起來）這不是忘本，我們應該理性、客觀些嘛！只看到別人眼中的針，卻看不到自己眼中的樑木，不是太悲哀了嗎？

蘭：哎！哎！不講這個！喂！姐！（神秘兮兮地）妳和那個人到底怎麼回事？妳還理他嗎？

芝：（皺起眉頭，站起來）每天都碰面，怎麼不理？況且，他又沒得罪我，能說不理就不理嗎？

蘭：（大驚小怪地張大眼，好一會兒才講得出話）哦……（拖得長長）這麼說，……從去年到現在，你們還有在一起囉？

芝：（浮起一絲甜蜜的微笑）他人很好……我班上許多男生氣質都還不如他呢！

蘭：（研究地看著姐姐）看來，你們來真的了。可是，妳不要忘記，爸媽會同意妳和他在一起？

芝：（洩氣地坐下）將來的事，誰管得著呢？（又站起來，走去房間）不講了！越說越煩！

（蘭也不置可否地回房間）

△芝愉快的哼著歌走出家門。忽然，驚叫一聲，但見林父扯著她進來。後面有一個人跟進來……竟然是阿倫，正以擔憂的眼光看著芝。

芝：（尷尬）阿倫，你先回家吧！（頓了一會兒）很抱歉，我……（聲音中開始有哭意）

倫：（想開口，又猶豫良久）我明白！（堅定地向芝點點頭）伯父，我先走了！（林父理都不理，彷彿沒看見他）

△林母從廚房匆出來，手上還拿著抹布。

母：咦？（看著父和芝，然後注意到正離去的倫）他……來做甚麼？

父：哼！問妳自己的女兒！（重重坐在沙發上）

母：（走到芝面前，下意識揉著抹布）阿芝！怎麼回事？他死心不息，又來找妳呀？（說到這兒，有點急了）

芝：（突然拼命搖頭）我受夠了！受夠了！這算甚麼？你們存心讓我丟臉？嗚……（邊跑進去）人家來帶我去慶祝生日，你們卻給人家顏色看，為甚麼這樣對待我？嗚……為甚麼？……

△林母百般無奈看著林父（後者已開始在看報紙），不經意看看時鐘，驚呼……

母：哎呀！都六點了！阿蘭！開飯啦！

△蘭出來，幫助母親從廚房捧出飯菜，放在桌上。

母：叫妳爸吃飯吧！

蘭：（高聲）爸，吃晚飯囉！

母：走過去叫啦。

蘭：他聽得見嘛！（打算走過去叫父親……）

父：（過來飯廳）……她呢？

母：（輕聲）在房裡，我去叫她。

父：（制止）不必！肚子餓了自然會出來！哼！就是吃得太飽才會和那番仔在一起，偷偷摸摸地！膽子越來越大！叫妳看住女兒，看！學壞了妳還蒙在鼓裡！（遷怒妻子）

蘭：（小聲插嘴）姐姐也沒學壞呀！

父：（怒視）妳也來呀？給我閉嘴！（蘭吐吐舌頭，低頭扒飯）

母：唉！還是讓我進去看看吧！到底是自己的女兒呀！（說著站起來）

父：（餘怒未消）女兒？嘿！令我臉上無光！

△林母進去了，芝的哭聲清晰地傳出來。

芝：（抽泣）我都聽到了！聽到了！嗚……那樣講話，一點都不尊重人……嗚……

母：唉，妳爸是一陣子的脾氣……也是為妳好。阿芝，說實在，何必跟那種人在一起？

芝：（哭得更兇）

父：（又開始罵）哭甚麼？家裡有人死了嗎？哼！下次再讓我看到那番仔，小心他的狗腿！……不知自量！學了幾句華語就想拐騙女孩子！……

（緊張的音樂，持續加強氣氛）

——第三幕完——

〔第四幕〕分離

△倫提著行李，芝雙手按在皮包上，滿懷心事跟在後面。（兩人在幕前緩緩行走）

倫：（柔聲）我走後，妳自己要多保重哦！

芝：你才是呢！一個人在外……（哽咽了）

倫：怎麼了？（偏過頭看她，拍拍她肩膀）傻瓜！我去讀書嘛！不是生離死別！很快就回來啦！而且，我會常常寫信給妳的。

芝：（擦掉眼淚）如果……我也能出去唸書就好了！可是，……我們華人，總認為女孩子不必唸太多書……唉！

倫：（看了看她）沒關係！我唸完回來教妳好了！（笑）

芝：（笑罵）我對土木工程才沒興趣呢！（沉默一會兒，又感傷起來）唉！為甚麼我們交往得這麼辛苦呢？……為了與我在一起……你受了這麼多難堪……我……

倫：（疼惜地望她）哎，沒甚麼嘛！這都是誤會造成的……而且（咬咬牙），我會證明給他們看，我並不差，他們的女兒跟著我是會幸福的。

芝：（感動地望著他）我對你有信心。

倫：（高興地回望她）

（此時機場通知乘客入閘門的廣播響起）

倫：（匆忙）芝，妳會等我回來嗎？（期盼地）

芝：（有點害羞的頷首）

（倫最後一次回首看她，跑進禁區）

芝：（不停揮手，臉上盡是依依之情）

（不久，飛機起飛的窿窿聲充斥整個空間。芝站在原地良久才離開）

△客廳中，一身時髦工作服的林芝走進來……

芝：阿蘭！（喊）今天郵差有送信來嗎？

蘭：（從房中回答）有！（說罷走出來）哪！（遞一封信給她）

芝：（高興地接過，一看信封，失望之情表露無遺）噢！（氣餒地坐下）這哪算是信嘛！

蘭：（不明白）這不是信？（走過去把信拿起來看一看）搞甚麼鬼嘛？幾個月來天天問信，有的話又說不是信！斥……（尾音拉得長長）

芝：（皺眉）不可能嘛！怎麼會這樣呢？不可能呀！唉！

母：（從廚房出來）下班了？

芝：嗯！（沒精打采）

母：再過幾天，三個月試用期就滿了。怎樣？老闆滿意妳的表現嗎？

蘭：（插嘴）哎！還用說！我林蘭的姐姐，誰會不滿意？

芝：啐！（給她逗笑）自大狂！

母：（也笑了）快去沖涼吧！飯就要熟了！等妳爸回來就吃飯啦！

芝：哦！（懶洋洋起身）

△幕關，片刻又開。父、母、芝、蘭在吃飯。芝忽站起……

芝：約好同事看電影，我走啦！

父：唔！（充滿威嚴地）

芝：（看父親一眼，臉上現出不被瞭解的苦惱，閉一閉眼，走出去）

父：（待芝走遠）哼！陰陽怪氣的，我看她還念念不忘那番仔！（沉吟片刻，對母說）妳沒有把信交給她吧？

蘭：（聽了這話一怔）

母：沒有。唉……每星期都有一封……，這樣做會不會不好……？（不安）

父：（斜看母）有甚麼不好？妳想做番仔的岳母嗎？跟那些abai inai做親戚？

母：唉！（低頭嘆息）

父：（充滿信心）再過一年半載她就會冷下來，那時我們便可以放一百個心啦！

母：唉，但願如此。

（父起身走到沙發坐下，開了四十年代的過時歌曲聽。母與蘭則開始收拾餐具。燈光漸漸轉暗，空氣中除了老歌，再沒有其他聲音……時間一分一秒地過去—林父看報紙，林母拿了件衣服在縫，蘭則做功課……。忽然，有人猛拍門。）

父：（對母說）去看看是誰吧！（想了想，改變主意）慢著，讓我來！（拿了掃帚走出去開門）

甲：請問林芝是不是住在這裡？（後面乙也進來）

母：（緊張地起身，走向訪客）她不在！……哦……她……她……該不是她發生事情了吧？

乙：（問父）你是她父親嗎？

母：（搶答）我是她母親！她……她到底怎麼了？（開始覺得不妥）

父：（眼珠一轉）車禍？

甲：（點頭）她在南華戲院門口被羅厘撞倒……

母：啊！（昏厥，蘭眼快，立刻扶住她）

甲：（繼續）她正在醫院接受急診，是兩個好心的番仔送她進醫院！（看看手錶）A！我們先走了。（說完轉身離去）

乙：（邊走邊說）哈！很多華人都站在旁邊看熱鬧，叫他們載，看到血都怕把車弄髒了！（搖頭）

父：（催促母）走吧！

母：等一等！我去替你拿件厚衣！（連走帶跑進去又出來）阿蘭，妳看家吧！

（兩人焦慮地走出去）

△幕關，父與母從旁邊出來，正好碰到兩個迎面走來的土著，兩人向父與母比手劃腳……

母：（緊張地）啊！有沒有看見？有沒有一個被車撞了送進來的女孩子？

父：（橫她一眼）唉呀！人家哪會聽得懂妳講甚麼？Ai！Tengok itu perempuan, ai..dilanggar……dilanggar……

丙：Oh！Perempuan dilanggar lori tu?

丁：Mari！Ikut saya！（又回頭走）

（父訕訕地笑。四人一起走，沒入幕的盡頭）

△幕開，病房中，林芝已換上白衣，身上許多處被膏布包著，臉上亦然。她閉著眼。醫院和護士在一旁，護士在量她的體溫。

母：（率先跑進來）阿芝……（鼻子一酸，眼圈紅了）

芝：（不省人事）

母：阿芝……（走上前，想摸芝的臉又怕弄痛她）

醫：她暫時沒事了！多虧這兩位伊班同胞早些將她送進來，否則，如果失血過多，後果不堪設想。

父：（感激地回頭看丙和丁）唉呀！Baru tau……awak lua..terima kaseh, terima kaseh……（以拗口的半馬來半伊班語道謝）

（丙和丁揚手示意不必客氣，就走了）

母：（問醫生）她……不會怎樣吧？

醫：（為難地，片刻才對母說了一番話，並指指臉和右腳）

母：（按著嘴哭了，再看芝一眼，更傷心）

父：（怔怔地出神）

（哀傷的音樂）

——第四幕完——

〔第五幕〕大結局

△幕關著。挽著大皮箱的阿倫既高興又擔心地走出來，上下左右打量周遭環境。忽然，發現了甚麼……

倫：Taxi！（揚起手）

（倫走進去。片刻，汽車聲由近至遠）

△幕開，現出林家客廳。林芝正一拐一拐地掃地、收拾東西。她的右腳直挺挺的，不聽使喚。她的一邊臉頰則瘀黑了，像血積在那兒，又像是傷痕。她看起來很冷淡，判若兩人。

（此時，電話響起來……）

芝：（辛苦地哈起腰走去接）喂！（她的聲音中毫無青春氣息）

倫：哈囉！請問這是林家嗎？

芝：（遲疑）是……是啊！

倫：噢！（彷彿很高興）那，請問林芝在嗎？

芝：（手一震，臉色變了）你是誰？

倫：哦，我是她朋友……妳是……（有點懷疑）

芝：她不在！（不等他說完，啪的一聲掛上電話）

△林芝靠在電話旁直喘氣，臉上陰晴不定。好一會兒，頹然繼續收拾客廳。過了相當久，有人敲門……

芝：（嘆一口氣，一拐一拐地去開門。當她見到門外的人時，情緒忽然激動起來，像看見甚麼可怕可恨的東西）出去！出去！（使命推來人）

倫：（被這麼突然的反應嚇了一跳）喂！喂！請問林芝……林……芝（呆住）是……妳……芝……（拉住她，端詳）發生了甚麼事情？芝！告訴我！（搖撼她）

芝：（掙扎著要走）你走！（大叫，淚水滾下來）你還來做甚麼？來馬戲團看怪物？你們這種人……走！走得遠遠地！永遠別再出現我眼前！（情緒激動，死命要推走倫）（見推不走他，林芝歇斯底裡哭起來，一拐一拐走進房）我恨你！嗚……

倫：（用手蓋住眼）天！怎麼會這樣？（耳際盡是芝受傷的哭聲，他心如刀割）

△林蘭回來，見門開著，又聽見哭聲……

蘭：咦？（看到阿倫）

倫：（沉重地）妳姐姐……為甚麼會變成那樣？

蘭：（黯然）你見過她了？

倫：（苦惱地點頭）她……似乎非常恨我！為甚麼？為甚麼一切都變了樣？噢！

蘭：（咬著上唇，指指沙發，自己則在另一張沙發坐下）

△蘭侃侃而談，有時指著臉或腳……，最後深深嘆一口氣，一副無可奈何的樣子。

倫的表情越來越柔和，滿是憐惜、諒解的神意。

（外面有腳步聲，還加上談話聲）

父：阿芝喜歡吃這種糕。（聲音比起前幾年明顯地弱了）

母：唉！還要看她心情好不好呢！（門應聲而開）

△母先看到倫，手中的東西掉到地上。林父則不知所措，非常尷尬。母看著倫一會兒，匆匆進房，父則把蘭拉過一邊，詢問一些事情。蘭向父點點頭。

倫：伯父！

父：（似乎很高興，又很慚愧）哎！來很久了？坐！坐！

（倫依言坐下。空氣似乎凝結了，倫和父都低著頭。好久好久，母扶著芝出來了。芝看到倫，掙脫母的手，自己走向客廳。她手上赫然是一疊信封。）

倫：芝！

芝：（平靜的聲音）阿倫，（把信交給他）我們家對不起你……我……也已配不上你！（低下頭）你走吧！（又抬頭，苦笑）謝謝你還記得我。

倫：為甚麼這樣說呢？（站起來）我臨走前叫妳等我，而妳也沒有負我，現在……（回頭看一看父與母）妳的父母也不再反對我們交往了。（父與母朝芝猛點頭）我們等的不就是今天嗎？

芝：（別開臉）我現在這樣……他們又怎會反對呢？（父悔恨地看著地上）

倫：（溫柔地拉住芝的手）別胡思亂想了！總之，我們是「守得月開見雲明」了！

芝：（忍不住）錯了！「守得雲開見月明」！（忍俊不住笑）

倫：諾！我還需要妳教我華文呢！（開心地望她）

芝：（低下頭，好一會兒）我需要時間想清楚。

倫：（柔聲）讓妳想一輩子夠不夠？

（母喜孜孜地望著父……）

（幕漸漸關上，同時，結婚進行曲奏起）

△幕仍閉著。蘭偷偷跑出來。（配合著活潑的音樂）忽然，父的頭從幕的中間探出來……

父：去哪裡？（大喝一聲）

蘭：（嚇了一跳，怯怯地回答）上圖書館。

父：和誰一起去？

蘭：（低頭不敢作答）

父：（高喊）好小子！給我出來！

（一個全身黑漆漆、捲髮、拿著矛，穿丁字褲的青年走出來）

父：（瞪他一眼）這是誰？

蘭：（硬著頭皮）同學。

父：（把蘭拉到一邊）哪！帶點錢去！現在的女孩子，如果老是讓男孩子請客是沒風度的。（眨一眨眼）去吧！

（蘭和黑人高高興興的走了。林父還叉著腰跟他們說「拜拜」呢！）

△幕開，林父與林母穿著唐裝，芝和倫及他們的女兒穿伊班服裝，蘭和黑人並一個小男孩穿著非洲土人裝，一起鞠躬。（此時，華樂響起，過不久加入伊班音樂，最後更有非洲土人的鼓聲和吶喊聲……）

——全劇完——

2001，秋

附錄（二）

暗戀

流曳於傳說和想像
暗戀
洶湧著

一艘艘舢舨逆流而下
漂泊黃金的希望
幻滅
生存與死亡
回憶飄向遠方
回眸
一眨眼一凝望
轉瞬成歸根落葉

而赤道上
我們的愛依舊隱密荒涼
在法的邊緣之際

我們選擇低頭
注視愛人的胸膛
除了踩在堅實的土地上
還有甚麼更值得渴望

不可言說
是妳的名我的宿命
福爾摩莎
我泅泳到她象形的曲線
我戀眷她心口綻放的杜鵑花
她呼吸之間烤地瓜的香甜
可我荒腔走調的歌聲
註定我尷尬的身份
和沉默

於是我始終靜靜
靜靜地
在她身上撒一把祝福的種子
這小島將壯大昂首
我卻是未曾開放的紅花
在顧盼之間
假裝不經意斜視她
青春的驟變

和狂潮

我的命運是流動的
我屈身親吻土地
卻不留下吻痕

4 Oct 2000
Afternoon

附錄（三）

照顧每一個人

——紀念首相夫人End on

時間靜止

沉默無盡　漫延

流竄　漁村膠園

如影

蟄伏都市後巷

痛

擠壓著

總是如此　在醫院低音播放

終極的訊息　眾生平等

痛

反復巡行

民間微小的無聲歎息

恩頓

溫柔的恩主信使

彳亍人間邊境

臨別贈言
來自疾病的隱喻：
「Take care of everybody」
在我們的馬來西亞
天書臨幸人間前夕：
「照顧每一個人，每一個馬來西亞人」

恩頓
長期和劇痛過招的女人
適度謙卑 足夠柔軟
字句穿越扭曲變形的身軀
化為血肉
在感官的國度
真言穿透記憶
是力是愛
是印刻阿拉心底的詩篇

8 June 2003
Petaling Jaya

語言文學類　PG0636

哭泣的雨林

作　　者／張依蘋
責任編輯／林世玲
圖文排版／王思敏
封面設計／陳佩蓉

發 行 人／宋政坤
法律顧問／毛國樑　律師
印製出版／秀威資訊科技股份有限公司
114台北市內湖區瑞光路76巷65號1樓
電話：+886-2-2796-3638　傳真：+886-2-2796-1377
http://www.showwe.com.tw
劃撥帳號／19563868　戶名：秀威資訊科技股份有限公司
讀者服務信箱：service@showwe.com.tw
展售門市／國家書店（松江門市）
104台北市中山區松江路209號1樓
電話：+886-2-2518-0207　傳真：+886-2-2518-0778
網路訂購／秀威網路書店：http://www.bodbooks.com.tw
國家網路書店：http://www.govbooks.com.tw
圖書經銷／紅螞蟻圖書有限公司
114台北市內湖區舊宗路二段121巷28、32號4樓
電話：+886-2-2795-3656　傳真：+886-2-2795-4100

2011年11月BOD一版
定價：320元

國家圖書館出版品預行編目

哭泣的雨林 / 張依蘋著. -- 一版. -- 臺北市 :
秀威資訊科技, 2011.11
面； 公分. -- (語言文學類 ; PG0636)
BOD版
ISBN 978-986-221-823-5(平裝)

868.74 100015834

讀者回函卡

感謝您購買本書，為提升服務品質，請填妥以下資料，將讀者回函卡直接寄回或傳真本公司，收到您的寶貴意見後，我們會收藏記錄及檢討，謝謝！如您需要了解本公司最新出版書目、購書優惠或企劃活動，歡迎您上網查詢或下載相關資料：http:// www.showwe.com.tw

您購買的書名：________________________________

出生日期：________年________月________日

學歷：□高中（含）以下　□大專　□研究所（含）以上

職業：□製造業　□金融業　□資訊業　□軍警　□傳播業　□自由業

□服務業　□公務員　□教職　□學生　□家管　□其它_____

購書地點：□網路書店　□實體書店　□書展　□郵購　□贈閱　□其他

您從何得知本書的消息？

□網路書店　□實體書店　□網路搜尋　□電子報　□書訊　□雜誌

□傳播媒體　□親友推薦　□網站推薦　□部落格　□其他__________

您對本書的評價：（請填代號　1.非常滿意　2.滿意　3.尚可　4.再改進）

封面設計____　版面編排____　內容____　文／譯筆____　價格____

讀完書後您覺得：

□很有收穫　□有收穫　□收穫不多　□沒收穫

對我們的建議：________________________________

____

____

____

請貼
郵票

11466
台北市內湖區瑞光路 76 巷 65 號 1 樓
秀威資訊科技股份有限公司　　收
BOD 數位出版事業部

....

（請沿線對折寄回，謝謝！）

姓　　名：______________　年齡：________　性別：□女　□男

郵遞區號：□□□□□

地　　址：______________________________

聯絡電話：(日) ______________ (夜) ______________

E-mail：______________________________